tredition®

AF197242

www.tredition.de

© 2019 Leo M. Friedrich

Verlag und Druck: tredition GmbH, Halenreie 40-44, 22359 Hamburg

ISBN
Paperback: 978-3-7497-8118-8
e-Book: 978-3-7497-8120-1

LEO M. FRIEDRICH

***

DERWISCH-PROJEKT

Nur die Lüge braucht die Stütze der Staatsgewalt.

Die Wahrheit steht von allein aufrecht.

Thomas Jefferson

1.

Später fragte sich Jan Bodenwald oft, ob Inga noch leben würde, wenn er sein Handy an diesem Tag nicht auf dem Schreibtisch vergessen hätte.

Es war wieder einer der Tage, an denen er dermaßen damit beschäftigt war, Anrufe entgegenzunehmen und Mails zu beantworten, dass er nicht dazu kam, seine eigentliche Arbeit zu erledigen. So war es für ihn eine Erlösung, als eine Kollegin den Kopf durch die Bürotür steckte.

„Wir machen jetzt Mittag und gehen zum Chinesen um die Ecke. Kommst du mit?"

Bodenwald sprang auf, schnappte sich seine Jacke und flüchtete aus dem Zimmer. Dass sein Mobiltelefon noch auf dem Schreibtisch lag, bemerkte er erst, als er mit den Kollegen auf dem Gehweg vor dem Haus stand. Für einen kurzen Moment überlegte er, zurückzugehen und es zu holen, entschied sich aber dafür, den anderen zu folgen.

Nach seiner Rückkehr entdeckte er auf dem Display drei entgangene Anrufe und eine Sprachnachricht. Inga klang panisch. So hatte er sie noch nie erlebt. Sie hatte in das Telefon geschrien.

„Geh doch endlich an dein verdammtes Handy! Ich werde verfolgt und brauche Hilfe!"

Es war das letzte Mal, dass Jan Bodenwald die Stimme seiner Freundin hörte.

2.

Schwungvoll bog Jan Bodenwald um die Ecke und blieb in der Tür des Besprechungsraumes stehen. Die junge Frau am anderen Ende des langen Konferenztisches blickte von ihrem Laptop auf und schenkte ihm ein strahlendes Lächeln. Ein wenig zu schnell und zu professionell, wie Bodenwald für sich notierte. Karsten Jäger, sein Chef, der ebenfalls den Kopf drehte, erhob sich und wies auf die Unbekannte.

„Hallo Jan, ich möchte dir Frau Kilian vorstellen. Sie preist mir gerade ihr neues Computerprogramm an, mit dem wir an dem Eurocopterprojekt arbeiten können."

Er schob Bodenwald in Richtung der Besucherin.

„Das ist Jan Bodenwald. Mein bester Mann und der fähigste Ingenieur, den man sich wünschen kann. Er ist mein Projektleiter und wird damit zu Ihrem direkten Ansprechpartner."

Inga Kilian sprang auf und streckte ihre Hand aus.

„Ich freue mich ganz ehrlich auf unsere Zusammenarbeit. Sie werden sehen, dass unsere Software alles leistet, was Sie für Ihre Arbeit brauchen."

Bodenwald nickte und ließ sich auf einen der Stühle fallen, die um den gewaltigen Tisch herumstanden.

„Dann lassen Sie mal hören, was Sie uns anzubieten haben. Ich denke mal, wenn so ist wie Sie sagen, wird mein Chef es sicher bei Ihnen bestellen."

Er deutete in die Richtung von Karsten Jäger. Der schüttelte den Kopf.

„Es ist schon bestellt. Ich habe Frau Kilian vor einiger Zeit auf einer Messe kennengelernt und sie hat mich schon damals von den Vorteilen überzeugt, die Ihre Software bietet. Es geht jetzt nur noch darum, sie auf unsere Erfordernisse anzupassen. Und da kommst du ins Spiel. Schließlich ist die Hubschraubergeschichte ja dein Baby. Ich möchte, dass ihr in der nächsten Zeit ganz eng zusammenarbeitet. Ich kümmere mich darum, dass Frau Kilian von unserem Auftraggeber eine entsprechende Sicherheitseinstufung erhält. Dann kann sie dich und dein Team wirksam unterstützen. Und jetzt lasse ich euch beide allein. Frau Kilian wird dir alle Aspekte ihrer neuen Software erklären."

Jäger erhob sich und schüttelte der jungen Frau mit den schulterlangen blonden Haaren die Hand und erntete dafür einen Blick aus ihren strahlenden Augen.

„Dann auf gute Zusammenarbeit zwischen unseren Unternehmen. Ich bin mir sicher, dass wir beide davon profitieren werden."

Bodenwald legte die Hände auf die Tischplatte, als sein Chef aus dem Raum gerauscht war.

„Also dann, Frau Kilian..."

„Bitte nennen Sie mich Inga!"

Die junge Frau errötete ein wenig.

„Wenn wir so eng zusammenarbeiten sollen, wie Ihr Chef angedeutet hat, sollten wir von Anfang an auf Förmlichkeiten verzichten, meinen Sie nicht auch?"

Bodenwald nickte lächelnd.

„Gehen Sie immer so forsch zur Sache?"

„Wissen Sie, das hier ist mein erster größerer Verkauf. Da will ich nichts falsch machen. Schließlich ist die Einführung einer neuen Software, zumal diese hier noch dazu sehr komplex ist, immer eine Vertrauenssache. Und wenn ich Ihren Chef richtig verstanden habe, ist sie vom großer Bedeutung für das Projekt, an dem Sie gerade arbeiten, richtig?"

Bodenwald nickte wieder.

„Das ist richtig. Wir haben lange nach einem Programm gesucht, das unseren Anforderungen entspricht. Jetzt lassen Sie mich mal wissen, was Ihr Baby so drauf hat. Und nennen Sie mich Jan!"

3.

Wie in Zeitlupe lösten sich seine Hände von den Augen und er starrte mit ausdruckslosem Gesicht die beiden Kriminalisten an, die vor ihm auf der Couch saßen und betreten auf die Platte des Wohnzimmertisches schauten.

„Sie sagten eben, man hat sie erstochen?"

Die Polizisten nickten.

Bodenwald fuhr sich mit den Händen durch die dunkelblonden Haare.

„Wurde sie...?"

Der ältere der beiden Beamten schüttelte den Kopf.

„Dafür gibt es bisher keine Hinweise. Die Tote war bekleidet, als sie gefunden wurde. Alles weitere werden unsere Gerichtsmediziner untersuchen."

„Kann ich sie sehen?"

„Nach der Obduktion, Herr Bodenwald. Es ist besser, wenn sie sie erst dann zu Gesicht bekommen. Glauben Sie mir."

„Ist es so schlimm?"

Die Polizisten nickten beide gleichzeitig.

„Nach ersten Erkenntnissen wurde sie mit mindestens siebzehn Messerstichen getötet. Es war alles voller Blut. Kein schöner Anblick, wie Sie sich denken können."

„Mein Gott! Wer tut soetwas?"

Bodenwald sank noch tiefer in seinen Sessel.

Er hatte den ganzen Nachmittag versucht, Inga auf ihrem Handy zu erreichen. Doch sie hatte nicht abgenommen. Später war es dann offenbar komplett abgeschaltet worden und er konnte nur noch auf ihre Mailbox sprechen.

Der ältere der beiden Kriminalisten räusperte sich ein wenig verlegen.

„Wir haben gerade erst mit den Ermittlungen begonnen. Sehen Sie sich in der Lage, uns einige Fragen zu beantworten?"

Bodenwald nickte kaum merklich.

„Ich versuche es."

Seine Stimme war tonlos.

„Wann hatten Sie das letzte Mal Kontakt zu Frau Kilian?"

Wortlos schob Bodenwald sein Smartphone über den Tisch.

„Sie hat mittags versucht, mich anzurufen. Aber ich hatte das verdammte Handy auf dem Schreibtisch vergessen, als ich zum Essen gegangen bin."

Der jüngere Beamte griff nach dem Telefon.

„Darf ich?"

„Ja, selbstverständlich. Sie finden dort auch eine Whatsapp-Sprachnachricht. Sie hatte Panik und brauchte offenbar Hilfe."

Der Kriminalist wischte auf dem Display umher.

„Das war um zwölf Uhr dreiundvierzig. Gefunden wurde sie um vierzehn Uhr zehn. Damit können wir die Zeit weiter eingrenzen, in der die Tat passierte."

Bodenwald richtete sich auf und schaute die beiden an.

„Wo genau wurde sie gefunden?"

„In einem Waldstück in der Nähe von Boizenburg. Ihr Auto stand auf einem kleinen Parkplatz keine hundert Meter entfernt. Haben Sie eine Ahnung, was sie dort wollte?"

„Inga ist..., war für eine Softwarefirma tätig. Sie war überall in Deutschland unterwegs. Heute Abend wollte sie hierher zu mir nach Rostock kommen und dann den Rest der Woche von meiner

Wohnung aus arbeiten. Sie hat eine Reihe von Kunden hier in der Gegend. Einschließlich der Firma, für die ich arbeite."

„Was machen Sie beruflich?"

Der ältere Beamte zückte einen Notizblock aus der Innentasche seines Jacketts.

„Ich arbeite für ein Ingenieurbüro hier in Rostock. Wir entwickeln geräuschdämpfende Rotoren für Hubschrauber."

„Für Militärmaschinen?"

„In der Hauptsache. Dort ist verständlicherweise die Nachfrage am größten."

„Und wie lange kannten Sie die Ermordete?"

„Seit etwa drei Jahren. Sie hat unserem Büro ein Programm verkauft, mit dem wir unsere Forschungsergebnisse direkt in das Gesamtprojekt einbetten können. Verstehen Sie, was ich meine?"

Der jüngere der beiden nickte eifrig, während sein Kollege etwas auf seinem Block notierte.

Ohne aufzublicken schob er die nächste Frage nach.

„Und Sie machen in diesem Büro genau was?"

„Ich bin der leitende Ingenieur für dieses Projekt. Genaueres darf ich Ihnen nicht erzählen, denn wir mussten alle eine Verschwiegenheitserklärung unterschreiben. Schließlich arbeiten wir an Rüstungsprojekten."

Der ältere legte seinen Block beiseite.

„In welcher Beziehung standen Sie denn nun konkret zu Frau Kilian? Haben Sie zusammengelebt?"

Bodenwald schluckte. Für einen Moment versagte ihm die Stimme.

„Nicht direkt. Wir waren ein Paar, das stimmt. Aber Inga wohnt..., Entschuldigung, wohnte in Potsdam. Wir haben uns fast nur am Wochenende gesehen. Dass sie jetzt ein paar Tage länger bei mir in Rostock bleiben wollte, war eine sehr seltene Ausnahme."

„Wer wußte, dass Frau Kilian unterwegs zu Ihnen war?"

Bodenwald hob die Schultern.

„Das hat sich erst Ende letzter Woche ergeben. Ich habe es keinem erzählt. Aber Inga hat sicherlich Termine mit ihren Kunden hier in der Gegend ausgemacht. Ich weiß allerdings nicht, zu wem sie konkret wollte. Das steht alles in ihrem Terminplan, den sie auf dem Ipad hat."

„Wir haben kein Ipad gefunden. Ihr Smartphone auch nicht. Offenbar wurde sie ausgeraubt."

„Wie sind sie dann auf mich gekommen?"

Bodenwald schaute die beiden ungläubig an.

„Ihre Adresse war in das Navigationsgerät ihres Autos einprogrammiert."

Die Beamten warfen sich einen kurzen Blick zu und erhoben sich nahezu gleichzeitig.

„Herr Bodenwald, wir möchten Sie jetzt nicht mit weiteren Fragen quälen und würden Sie deshalb bitten, morgen ins Polizeipräsidium zu kommen, um eine Aussage zu machen. Und noch einmal unser aufrichtiges Beileid zum Tod ihrer Freundin."

Jan Bodenwald nickte und blieb mit abwesendem Blick in seinem Sessel sitzen. Für ihn war gerade die Welt zusammengebrochen. Sein Leben würde nie wieder so sein, wie vorher. Er ahnte noch nicht einmal, wie radikal sich alles ändern sollte.

4.

„Vielen Dank, Herr Bodenwald, dass Sie sich die Zeit genommen haben."

Der ältere der beiden Polizisten, die ihm gestern die Nachricht von Ingas Tod überbracht hatten, führte ihn in das kleine, sehr spartanisch eingerichtete Büro.

„Herr Rausch..." Bodenwald hatte erst jetzt den Namen des Kommissars mitbekommen,

„haben Sie schon neue Erkenntnisse? Wann kann ich Inga sehen?"

Der Kriminalist schob ihn zu einem Stuhl.

„Das klären wir gleich. Setzen Sie sich erst einmal. Ich würde Ihnen gern einen Kaffee anbieten, aber die Maschine streikt im Moment mal wieder. Wie geht es Ihnen heute?"

Bodenwald schüttelte den Kopf.

„Ich kann es immer noch nicht glauben. Sie hat niemandem etwas getan und soll so einen grausamen Tod gestorben sein. Ich bin immer noch fassungslos."

Rausch nickte und griff nach einem Kugelschreiber.

„Das glaube ich Ihnen. Und noch einmal, es tut mir sehr leid. Wir haben inzwischen auch den Bruder der Verstorbenen erreicht. Er ist gleichfalls ganz schön geschockt, wie Sie sich denken können. Wissen Sie übrigens, was mit Frau Kilians Eltern ist? Wir konnten sie bisher nicht finden."

Bodenwald schüttelte den Kopf.

„Inga erwähnte einmal, dass sie vor ein paar Jahren in die USA gezogen sind und irgendwo in Texas wohnen sollen. Mehr weiß ich auch nicht. Sie und ihr Bruder hatten wohl nicht so viel Kontakt zu ihnen."

Der Kommissar nickte.

„Das erklärt einiges. Übrigens wurde gestern in der Nähe der Leiche ein Messer gefunden. Wahrscheinlich handelt es sich um die Tatwaffe. Sie wird gerade untersucht. Genau wie in diesem Moment die Obduktion läuft."

„Gibt es schon Hinweise auf die Täter?"

„Bisher noch nichts Konkretes. Deshalb wollte ich auch mit Ihnen sprechen. Die Sache ist ein wenig heikel."

Bodenwald schaute den Kommissar verständnislos an.

„Was meinen Sie damit?"

„Nun ja, sehen Sie, offenbar handelt es sich um ein Tötungsdelikt mit einem Messer. Und Vorfälle dieser Art haben wir in letzter Zeit öfter. Nicht immer gleich Morde. Aber gehäuft Körperverletzungen und Bedrohungen mit Messern. Und vieles deutet dann immer gleich auf eine bestimmte Tätergruppe hin."

„Sie meinen Ausländer? Also Flüchtlinge? Wollen Sie das damit sagen?"

„Sehen Sie, das ist der Punkt, Herr Bodenwald. Wenn die Leute von einem Delikt hören, bei dem ein Messer im Spiel ist, suggerieren sie immer gleich, dass es Geflüchtete waren. Deshalb möchte ich Sie an dieser Stelle bitten, gegenüber Bekannten und der Presse mit solchen Äußerungen vorsichtig zu sein. Wir haben den Medien bisher noch nichts mitgeteilt. Ich denke, das ist auch in Ihrem Interesse."

„Weil in der Nähe von Boizenburg ein großes Aufnahmelager ist und der Verdacht damit nahe liegt?"

„Das spielt erst einmal keine Rolle. Natürlich ermitteln wir in diese Richtung. Aber es kann auch ganz anders gewesen sein."

„Und was genau soll ich jetzt tun oder lassen?"

„Ich möchte Sie bitten, also ich ersuche Sie, gegenüber Dritten noch nicht zu erwähnen, dass Frau Kilian mit einem Messer getötet wurde. Vielleicht ergibt die Obduktion ja auch noch etwas ganz anderes. Jedenfalls soll nicht gleich wieder automatisch der Eindruck entstehen, dass der Täter möglicherweise ein Geflüchteter war. Verstehen Sie mich?"

Bodenwald richtete sich auf.

„Ich habe nicht vor, den Tod meiner Freundin in irgendeine Richtung politisch zu instrumentalisieren, wenn es das ist, was Sie meinen."

Rausch wedelte mit dem Zeigefinger.

„Das meinte ich nicht. Aber es gibt in diesem Land Menschen, die nur auf solche Vorfälle warten, um in der Bevölkerung wieder den Ausländerhass hochkochen zu lassen. Deshalb möchte ich Sie bitten, Stillschweigen zu bewahren, bis wir den Tod von Frau Kilian aufgeklärt haben. Ich sage das bei allem Verständnis für die Wut und Trauer, die in Ihnen steckt. Und jetzt hätte ich noch einige Fragen, die Ihr Verhältnis zu der Getöteten betreffen."

5.

März 2015

Jan Bodenwald stand in der Küche und bereitete das Frühstück vor, als Inga hinter ihn trat und ihre Arme um seinen Körper schlang. Sie trug nur eine weiße Kampfsportjacke.

„Die habe ich im Schlafzimmer gefunden. Du trainierst Judo?"

„Nein, ich mache ein wenig Karate. Beim Judo sind die Klamotten dicker, weil man da ständig aneinander herumzerrt, Beim Karate ist das anders."

Er drehte sich um und gab ihr einen Kuss.

„Aha, ihr zerschlagt dann also Dachziegel und Holzbretter, nicht wahr?"

Bodenwald lachte.

„Wir zerschlagen gar nichts. Beim Shotokan-Karate geht es um Bewegungsabläufe, um Exaktheit und Koordination. Es ist alles mehr so eine Kopfsache."

„Aber du könntest mich beschützen, wenn mich jemand angreifen würde?"

Sie stibitzte sich ein Stückchen Obst, das er gerade geschnitten hatte, von dem Teller auf der Arbeitsplatte,

„Natürlich könnte ich dich beschützen. Ab und zu kämpfen wir auch richtig gegeneinander. Da weiß man schon, wie man zuschlagen muss. Und nun zurück ins Bett! Das Frühstück ist fertig."

Tatsächlich waren sich die beiden im Laufe der vergangenen Wochen durch die gemeinsame Arbeit näher gekommen. Drei Tage nach ihrem ersten Zusammentreffen in der Firma gingen sie, auf Ingas Initiative in ein Restaurant und eine Woche später landeten beide in Bodenwalds Bett. Für ihn war es nach zwei Jahren Abstinenz wieder die erste richtige Beziehung, während sich Inga auf vorsichtige Nachfragen hin betont bedeckt gab, wie lange ihr letztes Verhältnis zurücklag.

Am Montag würden sie sich zum ersten Mal seit Beginn ihrer gemeinsamen Tätigkeit wieder trennen müssen. Inga musste zu einem dringenden Meeting in ihre Firma zurückkehren und konnte die ganze Woche nicht in Rostock sein. Bisher hatten beide die gemeinschaftliche Zeit entweder in Jans Büro vor dem Rechner oder in seiner Wohnung im Bett verbracht. Er fühlte sich in diesen Wochen wieder wie ein Teenager. Allerdings erst heute kam ihm der Gedanke, dass Inga ja nur für eine bestimmte Zeit hier sein würde und ihr Job sie bald wieder in andere Firmen, zu anderen Kunden irgendwo in Deutschland führen würde. Doch sie lächelte seine Sorgen weg und schob ihm eine Weintraube in den Mund.

„Sieh mal, ich habe eine kleine Wohnung in Potsdam. Das sind von hier keine drei Stunden mit dem Auto. Und so oft bin ich auch nicht unterwegs. Das Projekt in eurer Firma ist mit Abstand das aufwendigste, das ich bisher betreut habe. Bei anderen bin ich vielleicht für eine Woche und dann war es das. Soviel Anpassungen, wie wir bei eurem Büro machen mussten, hatten wir noch nie. Dein Chef wird sich noch wundern, wenn er unsere Schlussrechnung präsentiert bekommt.“

Bodenwald winkte ab.

„Der verdient bei der Geschichte so gut, das zahlt der aus der Portokasse. Immerhin sind wir eines der ganz wenigen Ingenieurbüros in Deutschland, die sich überhaupt mit der

Problematik befassen. Und keiner hat bisher eine zufriedenstellende Lösung gefunden."

„Außer dir, nicht wahr?"

Sie drehte sich zu ihm und gab ihm einen Stupser auf die Nase. „Vielleicht hatte ich irgendwann mal die entscheidende Eingebung. Und damit verdient sich Karsten jetzt eine goldene Nase."

„Also bist du das eigentliche Genie, Jan Bodenwald?"

„Ich bin nur der Kopf eines Teams, das an der Lösung arbeitet, wenn du das meinst."

„Aber du hattest die entscheidende Idee, stimmts?"

„Das schon. Immerhin habe ich als einziger etwas in der Richtung studiert. Da lag es nahe, dass ich auf die Lösung gekommen bin."

„Also bist doch du das Genie, dem der eigentliche Ruhm zuständе."

„Auf Ruhm lege ich keinen Wert. Letzten Endes ist es immer eine Teamleistung."

„Und das Prgramm, das ich euch verkauft habe, rundet die Sache ab, nicht wahr?"

„Es macht es auf jeden Fall wesentlich einfacher, unsere Arbeit in das Gesamtprojekt zu integrieren. Aber lass uns jetzt nicht weiter von der Arbeit reden. Und du fährst ab morgen wieder durch die Gegend und lässt mich hier allein zurück."

Ingas Smartphone meldete sich mit einem Zwitschern. Sie griff danach und wandte Bodenwald den Rücken zu. Der knurrte ärgerlich.

„Wer schickt dir denn am Sonntagmorgen eine Nachricht? Dein Chef?"

Sie tippte auf ihrem Handy herum und antwortete, ohne sich umzudrehen.

„Nein, der lässt mich am Wochenende in Ruhe. Es ist ein Bekannter."

Sie legte das Smartphone zurück auf das Nachtschränkchen neben dem Bett und lächelte ihn an.

„Kein Grund zur Eifersucht. Du bist der erste Kunde, mit dem ich bisher ins Bett gegangen bin. Und wenn es nach mir geht, wirst du auch immer der einzige bleiben."

6.

Es war bereits spät am Abend, als es bei Jan Bodenwald klingelte. Der hatte gerade eine neue Flasche Wodka geöffnet. Seit Ingas Tod vor drei Tagen trank er weitaus mehr Alkohol als normal. Es war für ihn im Moment der einzige Weg, ihr Bild aus dem Kopf zu bekommen und wenigstens einige wenige Stunden schlafen zu können. Im Büro hatte er sich krank gemeldet, da er sowieso keinen klaren Gedanken fassen konnte.

Mühsam erhob er sich von der Couch und ging ein wenig schwankend zur Wohnungstür. Draußen stand Kommissar Rausch mit einem grimmig dreinschauenden Begleiter. Bodenwald erstarrte für einen Augenblick.

„Wollen Sie mich jetzt verhaften oder warum klingeln Sie um diese Zeit an meiner Tür?"

Rausch räusperte sich.

„Keine Sorge. Wir wollen Ihnen etwas mitteilen. Aber nicht hier an der Tür. Dürfen wir reinkommen?"

Bodenwald nickte.

„Wenn es Sie nicht stört, dass es hier momentan etwas unordentlich ist. Ich bin einfach nicht in der Lage, irgendetwas zu tun."

„In Ihrer Firma sagte man uns, dass Sie krank sind. Verständlich unter den Umständen."

Rausch und sein Begleiter setzten sich auf die Couch, während Bodenwald Gläser und Flaschen vom Tisch räumte.

„Bei allem Verständnis für Ihre Trauer, aber Sie sollten nicht so viel trinken. Das macht Ihre Freundin auch nicht wieder lebendig."

Bodenwald ließ sich in einen Sessel fallen.

„Spielen Sie jetzt den Therapeuten?"

„Nein, wir kommen, um Ihnen etwas mitzuteilen. Das ist übrigens Herr Hollmann vom Staatsschutz."

Der Kommissar wies auf seinen stummen Begleiter. Der nickte nur kurz und ließ seinen Blick weiter durch das Wohnzimmer schweifen.

„Staatsschutz?" Bodenwald machte große Augen. „Ich dachte bisher, es war ein Raubmord."

Hollmann schaute ihm mit einem Mal direkt ins Gesicht.

„Wer hat von Raubmord gesprochen? Bisher war es lediglich ein Tötungsverbrechen. Ich weiß, dass ist für Laien immer schwer auseinanderzuhalten. Aber für Juristen und Kriminalisten macht es einen bedeutenden Unterschied."

„Sind Sie hier, um mir eine Jura-Vorlesung zu halten?"

Rausch hob die Hand.

„Nein, darum geht es nicht. Ich habe doch bei unserem letzten Gespräch erwähnt, dass wir eine mögliche Tatwaffe gefunden haben."

„Ja richtig! Und ich sollte niemandem sagen, dass Inga erstochen wurde, weil sonst die Rechten auf die Straße gehen würden und reihenweise Asylbewerber lynchen, richtig?"

Rausch brummte verärgert.

„So habe ich das nicht gemeint. Aber egal. Als erstes, wir haben jetzt das Ergebnis der Obduktion. Ihre Freundin wurde tatsächlich erstochen. Ersparen Sie es mir, auf Details einzugehen. Sie können, wenn Sie sich dazu in der Lage sehen, die Tote morgen in der Gerichtsmedizin in Schwerin identifizieren."

„Und was ist nun mit dem gefundenen Messer?"

Hollmann, der Bodenwald in den letzten Minuten niederzustarren versucht hatte, hob den Finger.

„Nur zu Ihrem Verständnis. Sie sind eigentlich kein naher Angehöriger. Wir müssen Ihnen eigentlich gar nichts mitteilen. Wir tun dies nur, weil Sie nach unseren Erkenntnissen die einzige Person sind, die der Getöteten nahe gestanden hat. Tatsächlich waren auf dem Messer Fingerabdrücke, die uns zu einem Verdächtigen geführt haben."

„Wirklich? Sie haben den Mörder?"

„Wir haben einen Verdächtigen festgenommen, in der Tat. Allerdings bestreitet er, mit der Sache etwas zu tun zu haben."

„Ist es ein...?"

„Ja, es ist ein Immigrant, ein mutmaßlich syrischer Geflüchteter."

Bodenwald erhob sich und begann, durch das Wohnzimmer zu wandern.

„Und um mir das zu sagen, kommt der Staatsschutz persönlich zu mir? Oder haben Sie Angst, ich würde jetzt spontan losziehen und das nächste Flüchtlingswohnheim anzünden? Hören Sie, ich bin nicht so einer. Ich bin ein friedlicher Mensch. Aber das Inga von einem Ausländer erstochen wurde, ist schon harter Tobak."

Hollmann erhob sich nun ebenfalls und baute sich vor ihm auf.

„Erstens. Noch ist es ein Verdacht. Und das ist es so lange, bis ein Richter dazu ein Urteil fällt. Zweitens. Wir möchten Sie dringend ersuchen, zu dem ganzen Fall weiter Stillschweigen zu bewahren. Es gibt nun mal Kräfte in diesem Land, die solche Vorfälle für sich zu instrumentalisieren versuchen. Und das können wir in der derzeitigen Situation absolut nicht brauchen. Die Stimmung im Land ist schon schlimm genug."

„Das heißt, ich soll die Klappe halten, damit die Rechten nichts davon mitbekommen und keine Demos anzetteln?"

„Sie sollen lediglich kein zusätzliches Öl ins Feuer gießen. Noch ist niemand rechtskräftig verurteilt. Und ich muss Sie darauf hinweisen, dass Sie sich selbst strafbar machen, wenn Sie unbewiesene Behauptungen aufstellen."

„Jetzt drohen Sie mir also auch noch?"

„Ich weise Sie lediglich auf die Rechtslage hin."

„Mir kommt es eher vor, als wenn hier irgendetwas vertuscht werden soll."

„Wir sind immer noch dabei, den Fall aufzuklären und wollen lediglich in Ruhe zu Ende ermitteln. Dass ist letzen Endes auch in Ihrem Interesse."

„Was darf ich denn überhaupt straffrei öffentlich äußern? Dass die Polizei einen ... einen mutmaßlichen Syrier verhaftet hat? Mein Gott, Ihr wisst ja noch nicht einmal, wo genau die Leute herstammen."

„Am besten äußern Sie sich gar nicht. Wir informieren Sie, wenn wir es für geboten halten, über weitere Ermittlungsergebnisse."

„Ich nehme an, die Presse weiß bisher nichts von diesem Fall?"

Die beiden Beamten zuckten zusammen.

Hollmanns Gesicht verzog sich, seine Augen verengten sich zu Schlitzen. Bodenwald hatte das Gefühl, jeden Moment würde er sich auf ihn stürzen.

„Es wurde entschieden, die Medien nicht über den Vorfall zu informieren. Und dabei belassen wir es. Ich kann Sie nur noch einmal davor warnen, irgendetwas auszuplaudern, was die Ermittlungen gefährden könnte."

Bodenwalds Zeigefinger fuhr in Richtung des Beamten, als wollte er ihn aufspießen.

„Ich habe es gewusst! Wie viele solcher Vertuschungsaktionen gab es in den letzten Jahren, hä? Ihr kehrt alles unter den Teppich, damit die Stimmung gegen die Regierung nicht noch weiter hochkocht. Es ist zum Kotzen! Bald haben wir hier Zustände wie in Nordkorea!"

„Herr Bodenwald, beruhigen Sie sich!" Rausch, der bisher geschwiegen hatte, erhob sich gleichfalls und drückte den jungen Mann mit sanfter Gewalt zurück in seinen Sessel.

„Wir vertuschen nichts, okay? Mein Kollege sagte Ihnen doch, dass die Ermittlungen noch nicht abgeschlossen sind. Und bis das der Fall ist, halten wir die Öffentlichkeit da so weit als möglich raus. Nur so können wir in Ruhe unsere Arbeit machen. Stellen Sie sich vor, bei Ihnen im Büro würden laufend Journalisten anrufen und Fragen stellen. Da kämen Sie auch zu nichts. Außerdem hat auch ein Beschuldigter in diesem Land Rechte, die wir achten müssen. Und er gilt nun mal so lange als unschuldig, bis ihn ein Gericht rechtskräftig verurteilt hat. Das ist so, ob Ihnen das, bei allem Verständnis für Ihre Situation, nun passt oder nicht."

„Aber die Medien berichten doch sonst auch über Morde."

Rausch hatte sich wieder hingesetzt und schaute Bodenwald direkt ins Gesicht.

„Da gibt es entweder ein öffentliches Interesse oder die Presse hat irgendwie Wind davon bekommen. Das ist hier beides nicht der Fall. Und deshalb bleibt die Sache vorerst intern. Haben Sie das verstanden?"

Hollmann, der Beamte vom Staatsschutz, wandte sich in Richtung Tür. Dort drehte er sich noch einmal um.

„Wenn wir herausfinden, dass Sie sich irgendwo öffentlich über den Fall äußern oder mit der Presse reden, wandern Sie schneller in den Knast als Sie bis drei zählen können. Verlassen Sie sich darauf!"

Auch Rausch erhob sich und klopfte Bodenwald väterlich auf die Schulter.

„Ich denke, das war deutlich genug."

7.

„Findest du nicht auch, dass es hier viel zu aufgeräumt aussieht? Inga war zwar überhaupt nicht schlampig, aber einen ausgeprägten Ordnungssinn hatte sie nun wirklich nicht."

Andreas Kilian, Ingas kleiner Bruder, nahm einen Schluck aus der Kaffeetasse und sah sich in der Küche um. Auch Bodenwald, der sich ebeneinen der gewaltigen Pötte, von denen ein gutes Dutzend im Regal standen, vollgegossen hatte, ließ seinen Blick durch den Raum schweifen. Er hatte sich mit Andreas hier in Ingas alter Wohnung verabredet, um mit ihm die Details der Beerdigung zu besprechen. Sie waren sich vor einem guten Jahr bei einer Feier zum ersten und einzigen Mal begegnet, ohne allerdings viel miteinander gesprochen zu haben. Bodenwald erinnerte sich, dass Inga einmal erwähnte, ihr Bruder wäre einer dieser Computerfreaks, vor denen kein Netzwerk sicher sei. Jetzt stellte Andreas die Tasse auf den kleinen weißen Küchentisch und strich sich durch den rotblonden Vollbart, der sein schmales Gesicht umrankte.

„Ich werde mich hier mal ein wenig umsehen. Irgendwie kommt mir die ganze Sache komisch vor. Als ich das letzte Mal hier war, sah es nicht so steril aus wie jetzt."

Bodenwald nickte. Allerdings war er erst zwei oder drei Mal in Ingas Wohnung in Potsdam gewesen. Sie hatte immer ein großes Geheimnis daraus gemacht, wie sie lebte. Andreas Kilian war bereits im Wohnzimmer verschwunden und kramte in einem der Schränke. Bodenwald hörte, wie Türen klappten und Schubladen auf- und zugezogen wurden. Er selbst verspürte nicht die geringste Lust, in den Sachen seiner getöteten Freundin herumzustöbern. Es kam ihm vor wie Leichenfledderei.

„Kannst du dir vorstellen, dass sie keinen PC hier hat, kein Tablet, nichts, worauf irgendwelche Daten gespeichert sind?"

Der junge Mann stand wieder in der Küchentür, einen Ordner in der Hand.

„Hier sind ihre Kontoauszüge und ein paar Versicherungspolicen. Das ist alles, was ich gefunden habe. Ich meine, sie hat doch bestimmt einen Computer besessen, oder zumindest einen Laptop. Aber hier ist nichts."

Bodenwald schüttelte den Kopf.

„Sie war viel beruflich unterwegs. Bestimmt hat sie immer alles dabei gehabt. Wenn sie zu mir kam, hatte sie ständig ein IPad in der Hand. Damit hat sie angeblich alles abgewickelt und organisiert."

„Und wo ist das gute Stück?"

„Entweder hat es der Täter geklaut oder die Polizei hat es am Tatort oder in ihrem Wagen gefunden. Allerdings hat niemand etwas gesagt. Und ich habe, ehrlich gesagt, auch noch nicht daran gedacht, den Kommissar zu fragen. Der ist sowieso reichlich komisch geworden, seit der mich mit diesem Typen vom Staatsschutz besucht hat."

Andreas ließ sich auf einen Stuhl sinken.

„Bei dir waren sie auch?"

Bodenwald nickte. Ingas Bruder sprang wieder auf und wanderte durch die kleine Küche.

„Mich hat so ein Typ besucht und mir mitgeteilt, dass sie einen Youssuf Soundso verhaftet haben, weil dessen Fingerabdrücke an einem Messer gefunden wurden. Dann wollte er wissen, ob ich beabsichtige, im Prozess als Nebenkläger aufzutreten, da ich ja schließlich der einzige greifbare Verwandte sei. Ich meinte, darüber habe ich noch gar nicht nachgedacht. Er verwies auf die politische Brisanz des Falles und dass man die Sache möglichst ohne große Öffentlichkeit regeln wolle. Er könne mir zwar nicht verbieten, den Kerl zu verklagen, würde mir aber davon abraten. Ich solle auf den Rechtsstaat vertrauen. Und schließlich werde meine Schwester davon auch nicht wieder lebendig und bei dem Täter sowieso nichts zu holen. Der ginge ein paar Jahre in den Knast und würde dann vielleicht abgeschoben."

Bodenwald stand auf und baute sich vor Andreas auf.

„Kommt dir das nicht auch sehr merkwürdig vor? Wir bekommen beide Besuch vom Staatsschutz und uns beiden rät man, mit dem Fall nicht an die Öffentlichkeit zu gehen. Wir haben aber nicht mehr zweitausendfünfzehn, wo alle Straftaten von Flüchtlingen unter den Teppich gekehrt wurden. Inzwischen ist soviel passiert, was in den Zeitungen oder im Netz steht. Da betreibt man doch nicht mehr so einen Aufwand, um etwas zu vertuschen. Irgendwie steckt da mehr dahinter."

Andreas hob die Schultern.

„Wer weiß, wie viel noch passiert, dass keiner erfahren darf. Sie schrecken ja auch nicht davor zurück, die Kriminalstatistiken zu frisieren. Wahrscheinlich haben sie Angst, dass die Deutschen auf die Barrikaden gehen, wenn sie das wirkliche Ausmaß kennen würden."

Jan Bodenwald winkte verächtlich ab.

„Da kannst du beruhigt sein. Der Deutsche spielt nicht mehr Revolution. Dafür ist er viel zu satt. Und die Medien sorgen dafür, dass die Menschen mit allem möglichen sinnlosen Scheiß beschäftigt werden. Den Durchschnittsdeutschen interessiert mehr, wer das Dschungelcamp gewinnt, als die Statistik der

Straftaten. Nein, hier stimmt was nicht. Wenn ich mich hier umschaue, vermute ich mal, dass schon vor uns irgendwer hier war. Schließlich hat ja auch jemand Ingas Schlüssel."

Andreas Kilian wich einen Schritt zurück.

„Jetzt wirst du mir unheimlich, Jan. Du meinst, jemand hat ihre Bude hier auf den Kopf gestellt? So sieht es aber gar nicht aus. Dann wäre doch hier alles durchwühlt."

„Da waren eben Profis am Werk. Die haben aufgepasst, dass sie keine Spuren hinterlassen."

„Aber hat nicht die Polizei sowieso ihre Wohnung durchsucht?"

„Davon hat der Kommissar nichts erwähnt. Und auch dann würde es hier sicher anders aussehen. Nicht so aufgeräumt, so steril wie es jetzt ist."

„Wenn ich wieder zu Hause bin, werde ich mal Ingas Background checken. E-Mails, Kontodaten und so weiter. Wenn ich etwas finde, lasse ich es dich wissen."

Bodenwald nickte und zog den Reißverschluss seiner Jacke zu.

„Mach das. Aber sei vorsichtig. Wir wissen noch nicht, mit wem wir es hier zu tun haben."

Obwohl es bis Rostock nicht allzu weit war, beschloss er, an der Raststätte Linumer Bruch eine Pause einzulegen und sich bei McDonalds einen Burger zu genehmigen. Er fand einen Platz an einem freien Tisch in einer der Ecken des Restaurants, als sein Handy klingelte. Am anderen Ende meldete sich Kommissar Rausch von der Kriminalpolizei.

„Ich wollte mich noch einmal für den Auftritt von neulich Abend entschuldigen. Es war sicher nicht sehr taktvoll, wie mein

Kollege und ich bei Ihnen aufgetreten sind. Aber Sie müssen verstehen, dass wir derzeit unter einem enormen politischen Druck stehen."

„Und um mir das zu sagen, rufen Sie mich an?"

Bodenwald lehnte sich zurück und sah sich um. Doch niemand nahm Notiz von ihm.

„Und ich wollte Ihnen mitteilen, dass der Verdächtige, den die Kollegen geschnappt haben, letzte Nacht in der Untersuchungshaft Selbstmord begangen hat. Er hat sich aufgehängt. Wir werten dieses bedauerliche Ereignis mal als Schuldeingeständnis. Der Fall dürfte damit abgeschlossen sein."

„Moment, Kommissar! Jetzt mal ganz langsam! Sie sagen, der Verdächtige ist tot?"

„Genau. Er hat zwar immer beteuert, unschuldig zu sein, aber die Fingerabdrücke auf dem Messer haben ihn überführt. Wahrscheinlich wurde ihm das klar und er hat es vorgezogen, freiwillig aus dem Leben zu scheiden."

„Wie kann das passieren? Ich denke, den Gefangenen werden bei der Einlieferung alle gefährlichen Gegenstände abgenommen. Inklusive Gürtel, Schnürsenkel und so. Jedenfalls zeigen sie das immer im Fernsehen."

„Krimis haben oft wenig mit der Realität zu tun. Er hat sich aus seiner Bettwäsche einen Strick gebastelt und sich am Fenster erhängt. Gefunden hat man ihn heute früh. Eigentlich dürfte ich Ihnen das gar nicht mitteilen. Aber nach dem Auftritt meines Kollegen letztens war ich Ihnen was schuldig. Also trinken Sie einen auf das Andenken von Frau Kilian und denken Sie daran, dass der Gerechtigkeit Genüge getan wurde."

„So einfach ist das?"

Bodenwald dachte für einen Moment an die Pommes und den Burger vor ihm. Beides würde er kalt herunterwürgen müssen. Die Antwort des Beamten kam rasch, ein wenig zu rasch für seine Begriffe.

„Ja. So schnell geht es manchmal. Ehrlich gesagt, ohne das Messer wäre der Fall vielleicht nie gelöst worden. Wissen Sie, wie viele Immigranten hier im Land sind, von denen wir noch gar nichts wissen? Oder die anders herum mit zig Identitäten herumlaufen? Sicherheitspolitisch und aus kriminalistischer Sicht ist das ein Alptraum, glauben Sie mir. Doch dieser Fall ist gelöst und ganz unter uns, mit einem für fast alle akzeptablem Ende."

„Das finden Sie akzeptabel?"

„Der Mörder ist tot, es gibt keine weiteren Ermittlungen, keinen Prozess, niemand muss jahrelang in Haft, danach kein teures Abschiebeverfahren. Der deutsche Steuerzahler spart einen Haufen Kohle. Ja, ich denke, das ist akzeptabel."

„Hat Ihnen schon mal jemand gesagt, dass Sie ein verdammter Zyniker sind, Kommissar Rausch?"

„Das höre ich ständig. Und glauben Sie mir, das ist erst seit drei Jahren so schlimm. Schönen Tag noch, Herr Bodenwald!"

Sein Essen landete unberührt im Abfall. Jan Bodenwald sprintete zu seinem Auto und raste vom Parkplatz. Beim Auffahren auf die Autobahn schnitt er einen von hinten kommenden BMW, der nur mit Mühe ausweichen konnte und genervt hupend auf die Überholspur wechselte. Jan Bodenwald achtete nicht darauf und gab Gas. Nebenbei aktivierte er seine Freisprecheinrichtung. Es dauerte einen Moment, bis er die richtige Nummer gefunden hatte.

„Christoph, hier ist Jan. Du erinnerst dich bestimmt. Wir haben uns vergangenes Jahr im Urlaub in der Dom Rep kennengelernt."

Es dauerte einen Moment, bis sein Gesprächspartner antwortete.

„Ach ja klar. Du warst doch der mit der tollen blonden Freundin. Wie hieß sie doch gleich? Inga, richtig?"

„Genau der bin ich. Sag mal, du bist doch als Wärter im Knast in Bützow, liege ich da richtig?"

„Ja, das stimmt, ich bin Beamter in der JVA. Wieso, ziehst du demnächst bei uns ein?"

„Nein, keine Sorge. Ich hätte da ein paar Fragen wegen eines Bekannten. Kann ich heute noch bei dir vorbeikommen?"

„So spät noch? Aber meinetwegen. Ich habe allerdings morgen Frühschicht."

„So lange wird es nicht dauern. Also bis nachher."

8.

„Hör bloß auf! Weißt du, was heute bei uns los war?"

Christoph Drescher öffnete geräuschvoll eine Flasche Bier und schob sie Jan Bodenwald über den Tisch. Der nickte dankbar und griff zu.

„Was glaubst du, wer heute bei uns alles eingefallen ist. Staatsanwaltschaft, Staatsschutz und noch einige andere Herrschaften. Wahrscheinlich vom Verfassungsschutz. Da ging richtig die Post ab. Aber warum interessiert dich das?"

Bodenwald trank einen Schluck Bier und stellte die Flasche langsam auf den Tisch.

„Der Typ, der sich bei euch erhängt haben soll, ist angeblich der Mörder von Inga."

Drescher fiel die Kinnlade herunter.

„Inga..., deine Freundin ist tot? Das ist ja ein Hammer! Warum hast du das nicht gleich gesagt?"

„Ich darf nicht darüber reden. Angeblich, weil noch nicht bewiesen ist, dass der Täter ein Flüchtling ist. Sie wollen keine weitere Stimmungsmache gegen Ausländer. Deshalb wurde ich dazu verdonnert, keinem Menschen etwas zu sagen. Sonst würde ich selbst im Knast landen, hat man mir gesagt."

„Wer sagt so was?"

„Bei mir waren die Kripo und einer vom Staatsschutz. Die haben mir zugesetzt, als wenn ich der Täter wäre. Von wegen falscher Anschuldigungen und so weiter."

„Das ist alles recht merkwürdig. Aber zusammen mit den Ereignissen von heute ergibt das einen Sinn."

„Weil dieser Youssuf Irgendwas..."

„Bahiri, sein Name war Youssuf Bahiri."

Drescher griff ebenfalls nach einer Bierflasche und nahm einen langen Schluck.

„Also gut, dieser Youssuf Bahiri, sich erhängt hat. Ist immer so ein Aufriß, wenn bei euch einer stirbt?"

„So oft kommt das ja nun auch nicht vor. Zum Glück, muss ich sagen. Ne, sowas wie heute habe ich auch noch nicht erlebt. Das war in der Tat seltsam."

„Warum sagst du das?"

„Weil man bei seiner Einlieferung darauf bestanden hat, dass er eine Einzelzelle bekommt. Sonst werden immer zwei Mann in einem Haftraum untergebracht. Gerade bei Ausländern, die kein Deutsch können, ist das wichtig. Dabei soll in der Regel immer darauf geachtet werden, dass zwei mit der gleichen Nationalität zusammengesteckt werden und sich wenigstens einer von denen sich ein wenig verständlich machen kann. Das wird aber in letzter Zeit auch immer schwieriger. Als dann unser Freund Bahiri eingeliefert wurde, hieß es gleich, der bekommt einen Haftraum für sich allein."

„Wer hat das angewiesen?"

„Angeblich die Staatsanwaltschaft. Das kam über die Anstaltsleitung. Also von weiter oben."

„Ist das normal?"

„Es kommt sehr selten vor. Meistens nur bei Fällen, die von öffentlichem Interesse sind. Damit nicht irgendein Mitgefangener Deals mit der Presse macht."

„Aber dieser Fall war quasi geheim. Wurde er denn mal von der Polizei verhört?"

„Ja, die haben ihn am Tag vor seinem Selbstmord morgens bringen lassen und erst am späten Nachmittag sollte er wieder abgeholt werden. Danach war der Junge völlig fertig. Ich kann mir ehrlich gesagt nicht vorstellen, dass der jemanden umgebracht haben soll. Das war ein kleiner schmächtiger Kerl, ein totales Würmchen."

„Sieht man den Leuten sowas an?"

„Inzwischen habe ich schon einen Blick dafür. Schließlich mache ich den Job lange genug. Der Typ hat Inga garantiert nicht abgestochen."

„Wie kommst du darauf?"

„Weil er total eingeschüchtert war. Der hat schon bei seiner Einlieferung gezittert wie Espenlaub und immer irgendwas vor sich hin gemurmelt. Meine Kollegen meinten, er würde die ganze Zeit beten."

„Ist so jemand imstande, sich umzubringen?"

„Dazu ist jeder fähig, wenn die Verzweiflung groß genug ist. Aber ich kann mir das bei unserem Freund schlecht vorstellen."

„Wieso?"

„Naja, der wirkte auf mich so ein wenig minderbemittelt. Er konnte nicht die einfachsten Sachen wie Bett beziehen oder so."

„Aber es muss ja gereicht haben, sich aus dem Bettlaken einen Strick zu drehen und sich damit aufzuhängen."

„Das ist der nächste Punkt. Dazu gehört schon ein bisschen mehr. Und genau da habe ich meine Zweifel. Wie übrigens auch einige meiner Kollegen."

„Wie begründet ihr die?"

„Gar nicht. Eigentlich dürften wir dieses Gespräch auch nicht führen. Ich verstoße gegen ein ganzes Bündel Dienstvorschriften. Aber der Typ soll deine Freundin abgestochen haben und ist unter ungeklärten Umständen gestorben. Das ist etwas anderes."

„Warum sind das denn nun ungeklärte Umstände? Ich denke, der hat sich aufgehängt?"

„Bei Selbstmord wird bei uns auch intern ermittelt. Ist der Gefangene gründlich durchsucht worden? Hat man ihn regelmäßig kontrolliert? Zu wem hatte er Kontakt? Und so weiter. Vielleicht kann man ja einem von uns ein Dienstvergehen anhängen."

Bodenwald trank sein Bier aus und drehte die leere Flasche in seiner Hand.

„Hatte dieser Bahiri irgendwelchen Kontakt zu anderen Häftlingen?"

Drescher blickte an die Decke und schien nachzudenken.

„War ja für ihn schwierig. Immerhin war er ja in Einzelhaft. Doch, während der Zeit, wo die Zellen offen waren, hat er sich mit einem anderen Untersuchungshäftling unterhalten. Der wurde einen Tag nach ihm eingeliefert. Warte mal, das war sogar ein Deutscher. Wie konnte er mit ihm reden? Das fällt mir erst jetzt auf."

„Ist der noch da?"

„Nein, jetzt wo du es sagst. Der wurde heute Mittag entlassen. Mitten in dem ganzen Trubel. Alles sehr merkwürdig."

„Hast du einen Namen für mich?"

„Momentan nicht. Aber ich kriege das raus. Irgendwie stinkt die ganze Sache, nicht wahr?"

„Das wird immer merkwürdiger, je tiefer ich grabe. Wusstest du, dass Inga eine Zeit lang Taek Won Do gemacht hat?"

„Was soll das sein?"

„Ein koreanischer Kampfsport. Eine Art Ableger vom klassischen Karate. Man bekriegt sich hauptsächlich mit Tritten.

Sie hat damit angefangen, nachdem ich ihr erzählt habe, wie toll es ist, Kampfsport zu machen. Wenn der Kerl, dieser Youssuf, also wirklich so ein schmächtiges Bürschchen war, muss er sie irgendwie überrascht haben. Sonst hätte sich Inga nicht so leicht überwältigen lassen. Dagegen spricht wiederum, dass sie unmittelbar vor ihrem Tod versucht hat, bei mir anzurufen."

„Glaube mir, Jan. Der war nicht der Typ, der über Frauen herfällt. Dazu wirkte er viel zu schüchtern. Vielleicht wollte ihm das jemand in die Schuhe schieben und dann hat man dafür gesorgt, dass er nicht mehr auspacken kann."

„So allmählich glaube ich das auch. Und jetzt werde ich dich in Ruhe lassen. Du hast mir sehr geholfen. Vielleicht bekommst du noch den Namen dieses ominösen Mannes heraus, der mit Youssuf gesprochen haben soll."

Bodenwald erhob sich aus dem Sessel und streckte Drescher die Hand hin. Der war ebenfalls aufgestanden und schlug ein.

„Das werde ich. Verlass dich drauf. Und nochmal. Es tut mir wahnsinnig leid um Inga. Vor allem, weil vieles an ihrem Tod noch immer so unklar ist. Bleib stark, mein Alter. Und melde dich, wenn ich noch etwas für dich tun kann."

Fassungslos starrte Bodenwald auf das Chaos in seiner Wohnung. Schon als er die Wohnungstür aufschob merkte er, dass etwas nicht stimmte. Im Flur lagen Jacken und Schuhe verstreut auf dem Parkett. Auch das Wohnzimmer und die Küche boten einen chaotischen Anblick. Sämtliche Schubladen waren aus den Schränken gezogen und deren Inhalt auf den Boden geworfen worden, die drei Kochtöpfe, die er besaß, lagen zwischen Bestecken und ausgekippten Gewürzen auf den Fliesen. Im

Schlafzimmer herrschte ein einziges Durcheinander. Die Matratze hatte man vom Bett gerissen, seine Sachen im gesamten Raum verstreut und den großen Schrank von der Wand abgerückt, als hätte jemand dahinter etwas gesucht.

Bodenwald starrte konsterniert auf das Chaos. Es dauerte ein paar Minuten, ehe er sich soweit gefasst hatte, dass er sein Handy zücken und die Polizei anrufen konnte. Die ersten Beamten, eine blonde junge Streifenpolizistin und ihr wesentlich älterer Kollege, tauchten nach einer guten halben Stunde an seiner Wohnungstür auf. Sichtlich unbeeindruckt schauten sie sich in der Wohnung um.

„Fehlt etwas?"

Bodenwald, noch immer unter Schock stehend, hob die Schultern.

„Das konnte ich noch nicht feststellen. Ich wollte erst mal nichts verändern, bis Sie hier Spuren gesichert haben."

Der ältere Polizist knurrte.

„Sie wollen also Anzeige erstatten?"

Bodenwald schaute ihn verständnislos an.

„Ja natürlich. Und ich möchte, dass Sie ermitteln."

Der Beamte ließ nicht locker.

„Sie wissen aber schon, wie hoch die Wahrscheinlichkeit ist, dass wir einen Täter ermitteln?"

„Hören Sie, hier ist doch offensichtlich eine Straftat begangen worden oder wonach sieht es hier aus?"

Die junge Polizistin, die eben noch wie ein Storch durch die herumliegenden Sachen gestakt war, blieb nun direkt vor ihm stehen.

„Vielleicht ist ja auch ihre Frau oder Freundin ausgezogen und wollte ihnen noch einmal richtig eines auswischen."

Für Bodenwald fühlte es sich an wie ein Schlag in die Magengrube.

„Meine Freundin...," zischte er, „meine Freundin wurde vor ein paar Tagen ermordet. Abgestochen wie ein Schwein, wenn Sie es genau wissen wollen."

Die Beamtin wurde blass.

„Das tut mir leid. Aber wir haben öfter solche Fälle. Deshalb musste ich Sie das fragen. Ich rufe dann mal die Kriminaltechniker."

Sie zückte ein Mobiltelefon und trat hinaus in das Treppenhaus, wo bereits einige Nachbarn standen und verstohlen die Hälse reckten, um einen Blick in die Wohnung werfen zu können.

Zwei Stunden später verließen die beiden Techniker, die in den Zimmern sämtliche glatten Flächen mit Pinseln bearbeitet und eine ganze Reihe von Fingerabdrücken auf durchsichtige Folien gebannt hatten, das Haus. Vor der Tür neben ihrem Auto streiften sie die weißen Einmalanzüge ab. Bodenwald beobachtete beide aus dem Wohnzimmerfenster. Dann drehte er sich um und wäre um ein Haar mit Kommissar Rausch zusammengestoßen, der unbemerkt hereingeschlüpft sein musste.

Er funkelte ihn grimmig an.

„Was machen Sie denn hier? Ich denke, Sie sind von der Mordkommission?"

„Wenn bei einem Angehörigen eines Mordopfers eingebrochen wird, dann betrifft das auch meine Ermittlungen."

„Sagten Sie nicht, die sind abgeschlossen?"

„Offiziell noch nicht. Haben Sie einen Verdacht, wer das hier gewesen sein könnte? Es sieht aus, als hätten der oder die Täter etwas gesucht.“

Bodenwald ließ sich auf seine Couch fallen und blickte zu dem Kriminalisten auf.

„Sagen Sie es mir!“

„Was soll ich Ihnen sagen?“

Rausch räumte ein paar herumliegende Papiere beiseite und schob den Sessel so zurecht, dass er gegenüber von Bodenwald stand. Langsam ließ er sich hineinsinken und blickte dem jungen Mann tief in die Augen.

„Was soll ich Ihnen sagen?“

„Hören Sie, Kommissar. Das hier ist doch kein Zufall. Ich war heute in Ingas Wohnung in Potsdam. Dort hat jemand gründlich aufgeräumt. Meine Freundin war nicht unbedingt ein ordentlicher Mensch. Aber ihre Bude sah aus wie geleckt. Da stand nichts herum. Gar nichts. Und vor allem kein Computer, kein Laptop, nada. Und dann rufen Sie mich an und wollen mir weismachen, der Mörder hätte sich erhängt. Das stimmt doch alles vorn und hinten nicht.“

Rausch schaute sich demonstrativ im Zimmer um.

„Ich gebe zu, das hier überrascht mich ebenso wie Sie. Aber glauben Sie mir, es gab ein Geständnis von dem jungen Mann, der Frau Kilian getötet hat. Wir haben ihn hart in die Mangel genommen und dann ist er zusammengebrochen und hat ausgepackt. Er wollte ihr an die Wäsche, aber sie hat sich gewehrt. Dann hat er ein Messer gezogen und zugestochen. Danach ist er abgehauen. Es gibt keinen Grund, ihm die Geschichte nicht zu glauben.“

Bodenwald winkte mit beiden Händen ab.

„Wie groß war der Kerl? Zwei Meter? Ich sage Ihnen mal was, Herr Kommissar. Inga Kilian hat in den letzten zwei Jahren intensiv Taek Won Do trainiert. Wenn sie sich wirklich gewehrt hätte, wäre der Typ jetzt tot, nicht sie. Ich praktiziere selbst seit einigen Jahren Karate und weiß, wie man sich verteidigt. Und ich weiß auch, dass Inga eine richtig gute Kämpferin war. Also tischen Sie mir bitte nicht solche halbgaren Geschichten auf. Zumal der Einbruch ja wohl eindeutig zeigt, dass da noch viel mehr im Busch ist. Und nun bitte ich Sie, zu gehen. Ich habe noch einiges zu tun, wie Sie sich denken können."

Bodenwald schwang sich von der Couch und wies auf die Tür. Rausch erhob sich ebenfalls. Er tippte mit dem Zeigefinger auf die Brust seines Gesprächspartners.

„Ich verstehe Ihre Trauer um Frau Kilian und Ihren Schock angesichts der Situation hier. Ich verspreche Ihnen, dass ich herausfinden werde, ob es einen Zusammenhang gibt oder nicht. Aber ich appelliere eindringlich an Sie,nichts Unüberlegtes zu tun. Lassen Sie die Polizei ihre Arbeit machen. Wir wissen besser als Sie, was zu tun ist."

9.

Jan Bodenwald brauchte mehr als fünf Stunden, um alle Zimmer wieder in einen bewohnbaren Zustand zu versetzen. Todmüde fiel er in den frühen Morgenstunden in sein Bett und schreckte gegen Mittag aus dem Schlaf. Nach einem kurzen Frühstück, das nur aus einer Tasse Kaffee und zwei trockenen Scheiben Toast bestand, schleppte er sich die Treppe hinunter zum Briefkasten. Neben den üblichen Werbeflyern und einigen Rechnungen stach ihm ein mehrfach gefalteter Zettel ins Auge. Noch im Hausflur nestelte er ihn auseinander.

„Wenn Sie wissen wollen, warum Inga Kilian wirklich sterben musste, kommen Sie heute um 17.00 Uhr ins Kino Cine Star in der Petersburger Straße. Kaufen Sie eine Karte für Saal 5, vorletzte Reihe! Und tragen Sie eine rote Basecape!"

Bodenwald starrte wie elektrisiert auf das Blatt Papier in seiner Hand. Wie angestochen rannte er die Treppe hinauf in die Wohnung und knallte die Tür inter sich zu. Atemlos ließ er sich in der Küche auf einen der beiden Hocker fallen und begann, den Zettel zu untersuchen. Aber außer dem Text, den er mittlerweile auswendig kannte, entdeckte er keine weiteren Hinweise auf den Verfasser. Er dachte einen Moment daran, zum Telefon zu greifen und Kommissar Rausch anzurufen, besann sich dann allerdings anders.

Bereits eine Stunde vor der vereinbarten Zeit betrat Bodenwald das Kino. Er erstand, wie der Unbekannte ihn angewiesen hatte, eine Karte für einen Film, dessen Titel er im nächsten Moment wieder vergessen hatte. Danach kaufte er an einer der Bars eine Cola und drückte sich in einen der tiefen Ledersessel, die in der

Lobby herumstanden. Um diese Zeit herrschte nur wenig Betrieb. Außer ein paar Teenagern, die sich in einer der benachbarten Sitzgruppen herumdrückten und auf ihre Smartphones starrten, waren lediglich einige gelangweilt dreinschauende Angestellte auszumachen. Bodenwald konnte niemanden entdecken, der ihm auch nur ansatzweise verdächtig vorkam. Ein wenig frustriert zog er um kurz vor siebzehn Uhr eine rote Baseballmütze, die er zuvor in einem Sportgeschäft erworben hatte, aus der Jackentasche. Er stülpte sie sich auf den Kopf und machte sich auf den Weg zum angegebenen Treffpunkt. Nach ihm schoben sich noch zwei Pärchen in den Saal und suchten sich ihre Plätze in den vorderen Reihen. Ungeduldig wartete er darauf, dass etwas passierte. Sein Blick streifte immer wieder die Tür, doch solange das Licht brannte, kam niemand weiter herein. Erst als sich der Raum verdunkelte, bemerkte Bodenwald, dass sich jemand hinter ihm in die letzte Reihe setzte. Merkwürdigerweise war die Tür nach draußen gar nicht noch einmal geöffnet worden.Bevor er sich die Frage beantworten konnte, wie der Unbekannte in den Saal gelangt sein könnte, vernahm er ein Zischen aus der hintersten Reihe.

„Hallo Herr Bodenwald, schön dass Sie es einrichten konnten."

„Wer sind Sie?"

Er wollte sich umdrehen, doch der Fremde hob die Hände vor sein Gesicht.

„Oh oh, das lassen wir mal besser. Blicken Sie schön nach vorn. Wenn Sie versuchen, mich anzuschauen, bin ich weg, okay?"

„Aber ich weiß doch gar nicht..."

„Hören Sie, Sie wollen die Informationen von mir, also spielen wir nach meinen Regeln, verstanden?"

Bodenwald zuckte resignierend mit den Schultern.

„Meinetwegen. Also was wissen Sie über Inga?"

„So gefällt mir das schon besser. Und immer schön nach vorne schauen, auch wenn der Film Scheiße ist. Haben Sie Ihre Wohnung schon wieder aufgeräumt?"

„Waren Sie dass, der bei mir alles auf links gedreht hat?"

„Beruhigen Sie sich, ich bin in diesem Punkt unschuldig. Aber wer immer es war, hat offenbar nicht gefunden, was er gesucht hat. Die Sache ist also noch nicht vorbei."

„Welche Sache? Und was hat man bei mir gesucht?"

Der Unbekannte hinter ihm kicherte.

„Sie haben überhaupt keine Ahnung, in was Sie da geraten sind, nicht wahr?"

Bodenwald musste sich zwingen, weiter in Richtung der Leinwand zu schauen.

„Ich weiß nur, dass meine Freundin ermordet wurde. Und jemand hat meine Wohnung durchsucht."

„Das ist nicht viel. Was sagt die Polizei dazu?"

„Sie versuchen, einen Zusammenhang herzustellen."

„Vergessens Sie das. Die werden gar nichts herausbekommen. Für die hat sich der Mörder in Bützow erhängt und damit ist der Fall erledigt."

„Und Sie wissen mehr darüber?"

„Natürlich. Sonst hätte ich mir nicht die Mühe gemacht, Sie zu treffen und mir diesen kotzlangweiligen Film reinzuziehen."

„Also was wissen Sie über Inga?"

„Gegenfrage: Was wissen Sie über Sie?"

„Wird das jetzt ein Ratespiel? Ich denke mal, Sie haben gar keine Informationen."

Wieder lachte der Mann hinter ihm auf.

„Ich weiß mehr über sie, als Ihnen lieb sein könnte."

„Kannten Sie sie denn persönlich?"

„Natürlich. Und ich bin genauso entsetzt wie Sie über ihren Tod."

„Warum wollten Sie sich dann hier mit mir treffen?"

„Ich suche einen Verbündeten, der mir hilft, ihren Tod zu rächen."

„Ich soll Sie unterstützen, darf aber nicht wissen, wer Sie sind? Was ist denn das für eine Logik?"

„Glauben Sie mir, es ist besser für uns beide, wenn Sie nicht wissen, wer ich bin."

Bodenwald hob die Hände.

„Okay, das muss ich erst einmal so hinnehmen. Aber was wissen Sie denn nun über Inga, was ich nicht weiß?"

„Sie war nicht die, für die sie sich ausgab."

„Sie sprechen noch immer in Rätseln."

Der Unbekannte schnaufte verächtlich.

„Nur Geduld. Sie kennen sie als Vertreterin einer IT-Firma, richtig?"

„Wenn Sie das sagen."

„Gut. Aber das war nur ihr Nebenjob. In Wirklichkeit hat sie für einen Geheimdienst gearbeitet."

Bodenwald kam sich vor wie von einem Hammer getroffen. Er fuhr herum.

„Inga war eine Spionin?"

Der Unbekannte hinter ihm hob wieder die Hände.

„Ich sagte doch, schauen Sie nur nach vorn! Und machen Sie nicht so einen Lärm. Wir wollen doch keinen Ärger wegen Ruhestörung bekommen."

Bodenwald sank wieder in seinen Sessel und starrte auf die Leinwand.

„Entschuldigung. Also Sie sagten, Inga wäre.."

„Genau, eine Agentin."

„Woher wissen Sie das?"

„Das fragen Sie mich jetzt nicht wirklich, oder?"

„Haben Sie Beweise für dafür, dass sie eine Agentin gewesen sein soll?"

„Was wollen Sie jetzt von mir hören?"

„Irgend etwas, dass Ihre Behauptung untermauert."

Der Unbekannte schwieg einen Moment lang.

„Vielleicht zu einem späteren Zeitpunkt. Erst einmal muss Ihnen diese Information reichen."

„Wie soll es jetzt weitergehen?"

„Checken Sie noch mal Ihre Wohnung. Möglicherweise werden Sie auf etwas stoßen, was unter dem Begriff ‚Derwisch' läuft"

„Was soll das bedeuten? Was ist Derwisch?"

„Das weiß ich nicht. Finden Sie es heraus!"

„Und was dann?"

„Was immer dahinter steckt, es bedeutet bestimmt nichts gutes. Wenn Sie Schwierigkeiten bekommen, kontaktieren Sie diese Nummer!"

Der Unbekannte schob Bodenwald einen Zettel über die Schulter. Mit einiger Mühe konnte er darauf im Halbdunkeln eine Handynummer entziffern.

„Und was passiert, wenn ich Sie anrufe?"

Doch hinter ihm herrschte Schweigen. Verwirrt blickte er sich um. Der Platz in der letzten Reihe war verwaist.

10.

Frühjahr 2019

„Schatz, schau doch mal, was ich uns mitgebracht habe!"

Inga deutete auf die Wand hinter der Couch. Bodenwald, der eben aus dem Büro nach Hause gekommen war, blieb in der Wohnzimmertür stehen. Seine Freundin stürmte auf ihn zu und fiel ihm um den Hals.

„Alles Gute zu unserem Jahrestag, mein Liebling. Heute sind wir drei Jahre zusammen. Und aus diesem Anlass habe ich ein Bild von uns rahmen lassen."

Bodenwald schluckte. Den Termin hatte er bei all dem täglichen Stress völlig vergessen. Verlegen drückte er sie an sich.

„Ganz ehrlich? Ich habe nicht daran gedacht. Ich hoffe, du bist mir jetzt nicht böse."

Sie gab ihm einen Klaps auf den Hinterkopf.

„Ach was. Du hast viel zu tun und außerdem bist du ein Mann. Die vergessen dauernd solche Termine."

„Dann bin ich ja beruhigt."

Er trat vor das Bild. Es zeigte ihn und Inga auf einem Katamaran während ihres Urlaubs in der Dominikanischen Republik. Aufgenommen hatte es Christoph, den sie einige Tage vorher an der Hotelbar kennengelernt hatten. Der war, wie er ihnen erzählte, allein in die Karibik gereist, um die Scheidung von seiner Frau zu verarbeiten.

Bodenwald wies auf das Bild.

„Wo hast du das machen lassen?"

Inga schlang wieder ihre Arme um seinen Körper.

„Das habe ich im Internet bestellt. Man schickt denen einfach das Bild und gibt die Größe an, die man haben will und sie drucken das dann und spannen es auf einen Rahmen."

„Es ist toll geworden."

„Deshalb habe ich es auch gleich an die Wand gehängt. Ich hoffe, du bist mir nicht böse, dass ich einfach so in deiner Wohnung gewerkelt habe."

Er gab ihr einen Kuss.

„Wie könnte ich dir jemals für irgendetwas böse sein? Kann ich die Tatsache, dass du meine Wohnung dekorierst, als Indiz dafür werten, dass du bei mir einziehen willst?"

Sie tat belustigt.

„Möchtest du das denn gern?"

Bodenwald nickte heftig.

„Und ich würde sogar noch einen Schritt weitergehen."

Er kniete sich vor sie.

„Inga Kilian, heirate mich!"

„Eine komische Situation für einen Antrag, findest du nicht?"

Mühsam rappelte er sich wieder auf die Füße.

„Warum das?"

„Das kam jetzt irgendwie so... spontan. Hast du dir das gut überlegt?"

„Ich denke schon eine ganze Weile darüber nach. Wir sollten heiraten und zusammenziehen."

Sie lächelte und tat ein wenig verlegen.

„In der Reihenfolge?"

„Mir egal. Du kannst auch erst bei mir einziehen und dann gehen wir zum Standesamt. Hauptsache, wir sind zusammen."

Inga machte einen Schritt zurück und ließ sich auf die Couch plumpsen.

„Das kommt jetzt etwas plötzlich, ehrlich. Es ist ja nicht so, dass ich nicht auch schon mal darüber nachgedacht hätte. Aber ich weiß wirklich nicht, ob ich schon dazu bereit bin. Sei mir bitte nicht böse, aber ich brauche wirklich noch ein wenig Bedenkzeit."

11.

„Herr Bodenwald, sehen Sie doch endlich ein, dass der Fall abgeschlossen ist. Wir haben, ... hatten einen geständigen Täter. Dass der in der Untersuchungshaft verstorben ist, bedauern wir natürlich, können diesen Fakt aber nicht mehrt ändern."

Die blutjunge Staatsanwältin bemühte sich, ihn möglichst mitleidsvoll anzuschauen. Doch er bemerkte hinter den Gläsern der randlosen Brille ein ungeduldiges Funkeln in ihren braunen Augen. Nervös strich sie sich eine blonde Haarsträhne über ihr rechtes Ohr und tippte mit dem Zeigefinger auf die dünne Akte, die vor ihr auf dem Tisch lag.

„Glauben Sie mir, wir haben so gründlich ermittelt, wie es möglich war. Und alles deutet darauf hin, dass der Festgenommene auch der Täter war. Er hat gestanden, bevor er sich in seiner Zelle..."

„Angeblich erhängt hat." Bodenwald machte eine wegwerfende Handbewegung.

Er wusste, dass die junge Frau, die ihm gegenüber saß und seit einer halben Stunde auf ihn einredete, nicht die ursprünglich mit den Ermittlungen betraute Staatsanwältin war. Vielmehr war sie von ihren älteren Kollegen vorgeschickt worden, um ihn abzuwimmeln. Er versuchte es noch ein letztes Mal.

„Hören Sie, Frau Staatsanwältin. Ich habe Informationen erhalten, dass Inga auf irgendetwas gestoßen ist, dass sie nicht hätte wissen dürfen und aus diesem Grund umgebracht wurde. Und der angebliche Täter wurde seinerseits aus dem Weg geräumt. Es ist ähnlich wie damals bei Kennedy, als man Lee Harvey Oswald erschoss, um zu verhindern, dass er auspackt."

Die Frau schüttelte wieder mit dem Kopf.

„Solange Sie mir nicht sagen können, von wem Sie diese Erkenntnisse haben und was das für Informationen sind, kann ich nichts für Sie tun. Ich verstehe, dass Sie aufgebracht sind. Aber manchmal entwickeln sich die Dinge nun einmal so, dass wir machtlos sind. Und uns bleibt dann nichts weiter, als dies zu akzeptieren. Bitte entschuldigen Sie mich jetz, ich habe in Kürze einen wichtigen Termin."

Ohne seine Antwort abzuwarten, erhob sich die Staatsanwältin, strich ihre weiße Bluse glatt und streckte Bodenwald die Hand hin. Der blickte sie verwirrt an.

„Das war's jetzt?"

„Ich fürchte ja. Ich wünsche Ihnen, dass Sie bald über den Verlust hinwegkommen und in Ihr geregeltes Leben zurückkehren können. Auf Wiedersehen, Herr Bodenwald."

Wortlos erhob er sich und ging hinaus auf den langen Flur. Neben der Tür lehnte er sich für einen Moment an die Wand und atmete ein paar Mal tief durch. Er hatte im Stillen gehofft, die Staatsanwaltschaft zu weiteren Ermittlungen bewegen zu können. Aber jetzt war es amtlich, die Ermittlungen waren abgeschlossen und der wahre Täter blieb möglicherweise auf freiem Fuß. Bodenwald blickte auf die Uhr und beschloss, doch noch für ein paar Stunden ins Büro zu fahren. Zwar hatte ihm Jäger zugesagt, solange Urlaub nehmen zu können, wie er wolle, allerdings war mittlerweile ein Berg von Aufgaben unerledigt geblieben. Und der würde noch höher werden, je länger er der Arbeit fernbliebe. Und außerdem käme er endlich einmal auf andere Gedanken, wenn er sich wieder über seine Berechnungen beugen konnte. So hoffte er jedenfalls.

Bodenwald schlüpfte aus dem Fahrstuhl und kramte in der Hosentasche nach dem Büroschlüssel, als sich die Tür vor ihm öffnete und Anna vor ihm stand. Seine Lieblingskollegin, mit der er vor Jahren um ein Haar einmal ein Verhältnis angefangen hätte. Letzten Endes hatte sie sich doch gegen ihn und für ihren jetzigen Ehemann entschieden, was ihrer Freundschaft erstaunlicherweise keinen Abbruch getan hatte. Sie blieb wie angewurzelt vor ihm stehen und fiel ihm dann um den Hals.

„Jan, es tut mir so leid."

Mühsam löste sie sich aus seiner Umarmung und sah ihm in die Augen.

„Da drinnen ist richtig dicke Luft. Ein paar Männer durchsuchen seit Stunden unsere Computer. Karsten tobt, wie du dir sicher denken kannst. Du gehst am besten gleich zu ihm. Vielleicht kannst du die Sache ja aufklären."

Bodenwald schaute sie verständnislos an.

„Was ist denn los?"

„Jan, ich weiß es nicht. Geh rein und kläre die Sache, bevor die ganze Firma darunter leidet."

Bevor er sein Büro erreichen konnte, lief er Karsten Jäger, seinem Chef, in die Arme. Der schleuderte ihm einen dermaßen wütenden Blick entgegen, dass es Bodenwald kalt den Rücken herunterlief.

„Dass du dich überhaupt hierher traust! Wegen dir haben wir jetzt diesen ganzen Ärger. Komm mit!"

Er wies auf die Tür des Besprechungsraumes. Verwirrt folgte ihm Bodenwald. Jäger nahm sich nicht die Zeit,sich in einen der teuren Konferenzsessel zu setzen.

„Mach die Tür zu!", herrschte er seinen besten Ingenieur an.

Dann baute er sich dicht vor Bodenwald auf, der einen ganzen Kopf größer war.

„Hast du eine Ahnung, was hier gerade los ist?"

Sein Zeigefinger fuhr durch die Luft wie ein Schwert.

Bodenwald zuckte mit den Schultern und wollte zu einer Erwiderung ansetzen. Doch er kam nicht dazu.

„Dort draußen sitzen sechs Mann von Polizei und Verfassungsschutz und durchkämmen unsere Rechner! Und das schon seit heute morgen um sieben!"

Jägers Stimme überschlug sich fast. Auf seinem Gesicht bildeten sich rote Flecken.

Wieder zuckte Bodenwald mit den Schultern.

„Und warum?"

„Du fragst warum??? Ist das dein Ernst? Deine tolle Freundin Inga war eine Spionin. Sie hat unsere Computer verwanzt und anscheinend so ziemlich alles geklaut, was wir entwickelt haben. Ist dir klar, dass dies das Ende meiner Firma bedeutet? Alles, was ich in fünfzehn Jahren mühsam aufgebaut habe, geht gerade den Bach runter! Und du hast ihr dabei geholfen."

Bodenwald schaffte es gerade so, den Kopf zu schütteln.

„Wieso ich? Du hast sie doch..."

Jägers Stimme wurde noch schriller.

„Nein mein Freund, Du hast sie gebumst. Und ihr dabei sicher noch eine Reihe von Geheimnissen verraten, die nicht auf unseren Servern waren. Und ich habe dir vertraut, ich Idiot. Das habe ich nun davon."

Bodenwald holte tief Luft.

„Karsten, jetzt warte mal. Du selbst hast sie doch engagiert. Und ich sollte mit ihr zusammenarbeiten."

„Ja genau. Zusammenarbeiten. Und nicht mit ihr ins Bett steigen und dann zum Mittäter werden! Du bist fristlos gefeuert, dein Kündigungsschreiben schicke ich dir noch heute zu. Und jetzt geh mir aus den Augen. Und wage es ja nicht, irgendwelche Sachen aus deinem Büro zu holen. Deinen privaten Kram lasse ich dir in den nächsten Tagen zuschicken. Verschwinde jetzt auf der Stelle!"

Bevor sein verwirrter Angestellter noch etwas entgegnen konnte, verschwand Karsten Jäger wie ein Wirbelwind aus dem Konferenzraum und knallte die Tür hinter sich zu. Bodenwald ließ sich in einen der Sessel fallen und fuhr sich mit beiden Händen durch die Haare. Vor seinen Augen tanzen Sterne, für einen Augenblick blieb ihm die Luft weg. In seinem Kopf wirbelten die Gedanken umher. In was war er da hineingeraten? Inga war eine Spionin? Unmöglich! Dazu war sie viel zu... Ja was eigentlich? Sie war der organisierteste Mensch, den er je kennengelernt hatte. Ständig hatte sie für alles einen Plan, nie erlebte er sie ratlos oder gar verzweifelt. Und je mehr er darüber nachdachte, um so stärker wurde sein Verdacht. Dass an der Sache doch etwas sein könnte.

„Herr Bodenwald?"

Ein ihm unbekannter Mann in einem unscheinbaren grauen Anzug beugte sich zu ihm hinunter und schreckte ihn aus seinen Gedanken.

„Herr Bodenwald, mein Name ist Greiner. Ich bin vom Landesamt für Verfassungsschutz."

Bodenwald schaute ihn verständnislos an.

„Und was wollen Sie von mir?"

„Man sagte mir, dass Sie hier wären. Wir müssen uns dringend unterhalten."

„Hören Sie, ich wurde gerade gefeuert. Vielleicht verschieben wir das Gespräch, bis ich wieder klar denken kann."

„Das tut mir leid für Sie. Aber die Sache ist leider sehr dringend. Sie werden mir ein paar Fragen beantworten müssen. Ich kann Ihnen aber versprechen, dass es nicht lange dauern wird. Wir werden auf Ihre Situation Rücksicht nehmen."

„Also gut, was wollen Sie denn noch von mir wissen? Wie oft wir zusammen im Bett waren? Was für Stellungen wir bevorzugt haben? Sämtliche intimen Details?"

Gereizt verschränkte Bodenwald die Arme vor der Brust. Der Beamte ihm gegenüber verzog das Gesicht und schüttelte den Kopf.

„Sei sollten die Sache etwas ernster nehmen. Es geht hier nicht um irgendwelche Peanuts. Wir sprechen über Spionage. Und Sie, Herr Bodenwald, stecken bis zum Hals in der Scheiße, um es mal direkt auszudrücken."

Bodenwald lachte auf.

„Ich habe gerade meinen Job verloren, weil Ihre Leute hier wie die Kavallerie eingeritten sind und sämtliche Computer durchsucht haben. Und glauben Sie mir, ich hatte keine Ahnung, was da abgelaufen ist."

Greiner schüttelte wie den Kopf.

„Das werden wir erst noch klären müssen. Im Moment spricht vieles gegen Sie. Immerhin waren Sie mit der Verdächtigen intim, sehr intim sogar, wie ich Ihren Ausführungen entnehme."

„Das heißt doch lange noch nicht, dass ich ebenfalls ein Spion bin. Und außerdem ist ja noch nicht einmal zweifelsfrei bewiesen, dass Inga überhaupt etwas getan hat."

„Das sehen wir anders."

Greiner hielt einige Computerausdrucke in die Höhe.

„Unser Kollege vom Bundesamt für Sicherheit in der Informationstechnologie hat sich die Programmierung mal genauer angeschaut und das hier gefunden. Ein Spionageprogramm, dass gezielt Dateien an einen fremden Server schickt. Und dieses kleine fiese Monster war auf Ihrem Rechner installiert. Ich denke also mal, Sie haben mir eine Menge zu erklären."

Bodenwald sackte zusammen.

„Ehrlich, ich hatte keine Ahnung, dass sowas auf meinem Computer war. Inga war die Softwareexpertin und wir haben lange und hart daran gearbeitet, alle Parameter des neuen Programms so anzupassen, dass es reibungslos mit unserem System arbeiten konnte. Wenn ein Problem aufgetreten ist, habe ich sie informiert und sie hat sich drum gekümmert. Das ging mal ziemlich schnell, mal hat es ein paar Tage gedauert. Aber ich habe nie mitbekommen, was sie da jetzt konkret gemacht hat. Das sollte mich auch gar nicht interessieren. Für mich war nur wichtig, dass alles einwandfrei funktionierte und ich meine Arbeit machen konnte."

„Nach Meinung unserer Experten wurde über Ihren Rechner nicht nur die IT Ihres Unternehmens infiltriert, sondern auch die gesamte Computerstruktur von Airbus Helicopters angegriffen. Der Schaden ist momentan noch gar nicht quantifizierbar. Im schlimmsten Fall sind wohl die Pläne sämtlicher neuen Projekte ausgespäht worden. Und Ihr Computer war das Einfallstor für diese Attacke. Weil Sie einer Spionin auf den Leim gegangen sind."

Bodenwald richtete sich auf und schaute Greiner in die Augen.

„So war das nicht. Karsten Jäger, mein Chef, hat angewiesen, mit Inga zusammenzuarbeiten. Privat sind wir uns erst etwas später nahegekommen. Und da ging es nie um den Job."

Greiner grinste spöttisch.

„Musste es ja auch nicht mehr. Das Programm war installiert und hat sich durch das Computersystem gewühlt. Frau Kilian hatte ihren Job also schon gemacht. Der Rest war reine Show. Oder Privatvergnügen. Das kommt auf die Perspektive an. Wir müssen jetzt nur klären, inwieweit Sie ihr dabei geholfen haben."

„Gar nicht! Das versuche ich Ihnen doch die ganze Zeit zu erklären. Ich habe mich um meinen Job gekümmert und Inga hat das neue Programm integriert. Das Karsten Jäger angeschafft hat."

Im nächsten Augenblick wurde die Tür aufgerissen und Jäger stürmte in den Besprechungsraum. Wild mit den Armen fuchtelnd baute er sich vor dem Beamten auf.

„Ihre Leute sind jetzt fertig. Und der da", er zeigte auf Bodenwald, ohne ihn anzusehen, „der soll jetzt seinen Schreibtisch ausräumen und gehen."

Greiners Augen verengten sich zu Schlitzen.

„Ich führe hier gerade eine Befragung durch und entscheide, wann wer geht, Herr Jäger."

Doch der ließ sich nicht beirren.

„Dies hier ist meine Firma und Sie sitzen in meinem Besprechungsraum. Deshalb fordere ich diesen Mann auf, seine

Sachen zu packen und zu verschwinden. Sie können Ihre Befragung gern woanders fortsetzen. Aber nicht hier."

Greiner zuckte mit den Schultern, griff in die Innentasche seines billigen Jacketts und holte eine Visitenkarte heraus, die er vor Bodenwald auf die Tischplatte fallen ließ.

„Sie haben gehört. Also suchen Sie Ihren Kram zusammen und gehen Sie nach Hause. Wir werden uns in den nächsten Tagen bei Ihnen melden und weiteres Gespräch führen. Die Sache ist für Sie noch lange nicht ausgestanden. Für Sie übrigens auch nicht." Er wies mit dem Finger auf Karsten Jäger, der mit hochrotem Gesicht da stand und die beiden Männer wütend anfunkelte.

Geräuschvoll ließ Bodenwald den Karton mit den wenigen Habseligkeiten, die er unter den wachsamen Blicken seines Chefs und des Verfassungsschutzes aus dem Schreibtisch geräumt hatte, auf den Fußboden neben der Couch fallen. Schwer atmend stand er im Wohnzimmer und blickte sich um. Seine bis vor kurzem noch so heile Welt geriet anscheinend immer mehr aus den Fugen. Die Gedanken in seinem Kopf rotierten. Auf der Fahrt nach Hause hätte er um ein Haar einen Unfall gebaut, als er mit Vollgas eine rote Ampel missachtete. Zwei andere Autos konnten gerade noch bremsen und einen Zusammenstoß im letzten Moment verhindern. Doch Bodenwald hatte es gar nicht registriert und war weiter gerast.

Nun ließ er seine Jacke achtlos auf den Boden fallen, ging hinüber zur Schrankwand und griff nach einer Flasche Wodka aus der Hausbar. Einen Augenblick schaute er unschlüssig auf das Etikett, dann öffnete er den Verschluss und nahm einen langen Schluck. Für gewöhnlich trank er nur sehr selten Alkohol, deshalb brannte die Flüssigkeit in seinem Hals und zwang ihn zum Husten. Ungeachtet dessen setzte er die Flasche noch ein zweites Mal an. Dabei fiel sein Blick auf das Bild über der Couch. Er musste daran denken, wie Inga ihn angeschaut hatte, nachdem sie es dort angebracht hatte. Achtlos stellte er die Flasche beiseite, griff nach dem Foto und schleuderte es auf den Boden. Wütend trampelte er auf der Stoffbespannung herum, die allerdings nicht so schnell nachgab. Also packte er noch einmal zu und ließ den Rahmen mit voller Wucht auf die Kante des Wohnzimmertisches niederfahren. Das Holz zersplitterte mit einem lauten Krachen und knallte ihm direkt ins Gesicht. Er schmeckte Blut von seiner geplatzten Oberlippe, ließ die Trümmer der Aufnahme fallen und rannte ins Bad. Dort tupfte er sich das Blut vom Mund und warf einen langen Blick in den Spiegel. Was er sah, erschreckte ihn. Sein Gesicht war bleich, nur die aufgesprungene Lippe leuchtete wie ein glühendes Stück Holz in der Asche.

Er stützte sich auf das Waschbecken und dachte nach. Er durfte sich jetzt auf keinen Fall weiter gehen lassen. Das war er Inga schuldig. Ganz gleich, ob an den Vorwürfen gegen sie etwas dran war oder nicht, er hatte sie geliebt. Er wäre für sie durchs Feuer gegangen. Und nun würde er kämpfen müssen. Für ihren Ruf und auch für sich. Der Schmerz in der lädierten Lippe ließ langsam nach. Bodenwald schaute immer noch in den Spiegel. Die Farbe kehrte allmählich in sein Gesicht zurück. Seltsamerweise verdrängte er in diesem Augenblick die Sorgen um seine Zukunft. Er hatte in den letzten Jahren gut verdient. Ingenieure mit seiner Qualifikation waren selten und Karsten Jäger hatte es sich eine Menge kosten lassen, ihn in sein Büro zu holen und dort zu halten. Bis er Inga kennenlernte, hatte er ausgesprochen asketisch gelebt und sich so bereits einiges an Geld auf die hohe Kante gelegt. Er würde also einige Zeit ohne Job überbrücken können. Abgesehen davon dürfte es für ihn kein Problem sein, zügig eine neue Stelle zu finden. Angebote hatte er immer wieder einmal erhalten. Natürlich wäre es schwierig, wenn sich die Gründe für sein Ausscheiden bei Jäger herumsprächen. Aber darum machte er sich jetzt keine Gedanken. Zuerst einmal würde er darum kämpfen, seinen Namen und den Ingas von den Vorwürfen reinzuwaschen.

Er warf einen letzten Blick in den Spiegel, stieß sich vom Waschbecken ab und kehrte zurück ins Wohnzimmer. Dort begann er, die Trümmer des zerstörten Bilderrahmens vom Fußboden aufzusammeln. Er versuchte, alles wieder zusammenzusetzen, was allerdings vergebliche Mühe bedeutete, da das Holz an mehreren Stellen zersplittert war. Bei seinen Reparaturversuchen fiel ihm ein Schlitz auf, nicht einmal einen halben Zentimeter breit und bei flüchtigem Hinsehen kaum zu sehen. Bodenwald betrachtete sich die Sache genauer und bemerkte, dass irgendetwas in diesem Spalt steckte. Da der Rahmen sowieso nicht mehr zu retten war, bohrte er schließlich mit einem Taschenmesser solange in dem Holz herum, bis er eine SD-Speicherkarte in der Hand hielt.

Er fuhr seinen Laptop hoch, den er nach allem Anschein nach nur deswegen noch besaß, weil er ihn am Tage des Einbruchs in seine Wohnung mitgenommen hatte. Wie er es immer tat, wenn er die Stadt verließ. Eine halbe Stunde lang versuchte er vergeblich, irgendwelche Dateien auf der Karte zu öffnen. Augenscheinlich waren sie verschlüsselt. Fluchend zog er den kleinen Speicher wieder aus dem Rechner und steckte ihn in die

Brieftasche. Er wusste bereits, wer damit viel eher etwas anfangen könnte.

12.

Zu der Trauerfeier in der kleinen Kapelle waren nur wenige Menschen gekommen. Außer Ingas Bruder erschien niemand weiter aus ihrer Familie. Bodenwald wusste, dass sie noch eine Schwester in Stuttgart hatte, zu der aber seit Jahren kein Kontakt mehr bestand. Er sah sich um. Offensichtlich saßen hinter ihnen noch einige frühere Arbeitskollegen und ein paar Freunde, von denen er allerdings keinen kannte. Auf dem Weg zum Grab stieß ihn Ingas Bruder behutsam mit dem Ellenbogen an und deutete mit dem Kopf zur Seite.

„Wir werden beobachtet" raunte er Bodenwald zu. „Siehst du die Typen dort drüben?"

Tatsächlich standen in einiger Entfernung zwei Männer. Einer hatte eine Harke in der Hand und bearbeitete eine Grabstelle vor sich, wobei er immer wieder zu der Trauergemeinde herübersah. Ein anderer lief mit einem Blumenstrauß und einer Gießkanne umher und tat, als suchte er ein bestimmtes Grab.

„Bist du dir sicher?" Jan Bodenwald zuckte mit den Schultern. Andreas Kilian schaute weiter nach vorn.

„Mir laufen ein wenig zu viele Männer herum. Normalerweise sind um diese Tageszeit nur ältere Frauen auf Friedhöfen unterwegs."

„Du meinst..."

„Genau. Sie observieren uns. Wahrscheinlich sitzt irgendwo jemand mit einem Richtmikrofon hinter einem Grabstein, um unsere Gespräche zu belauschen."

„Du guckst eindeutig zu viele Agentenfilme."

„Eigentlich müsstest du derjenige sein, der paranoid wird. Aber irgendwie scheint dich die Sache nicht wirklich zu kümmern."

„Jetzt will ich erst einmal meine Partnerin, deine Schwester beerdigen. Das ist schon schwer genug."

Andreas Kilian hob die Hände.

„Entschuldige bitte. Das war taktlos von mir. Wir reden nachher weiter."

Als die Urne in die Erde gelassen wurde, spürte Bodenwald, wie ein dicker Kloß in seinem Hals drückte. Er musste allen Willen aufbringen, um nicht zusammenzubrechen. Dieser Moment war der des endgültigen Abschieds von seiner großen Liebe. Er wollte schreien, dass er noch nicht bereit war, sie gehen zu lassen. Doch letzten Endes riss er sich zusammen und sah mit versteinerter Miene zu, wie das Gefäß mit der Asche von dem Loch auf dem Rasen verschluckt wurde. Wie durch einen Nebelschleier nahm er wahr, dass unbekannte Menschen seine Hand schüttelten, ihm auf die Schulter klopften und wieder verschwanden. Schließlich standen nur noch Andreas Kilian und er an dem offenen Grab. Ingas Bruder wartete einige endlose Minuten, dann legte er die Hand auf Bodenwalds Schulter und schob ihn sanft in Richtung des Weges zum Ausgang.

„Komm jetzt. Wir haben eine Menge zu besprechen. Aber allein, ohne all die Typen, die hier herumlungern."

Er wies mit dem Kopf in Richtung der Männer, die stetig dabei waren, irgendwelche Gräber zu pflegen und währenddessen immer wieder zu ihnen herüberblickten.

Auf dem Parkplatz blieb Andreas Kilian neben seinem Auto stehen.

„Wir brauchen einen Platz, an dem wir unbeobachtet sprechen können. Fahr mir nach, ich habe da eine Idee."

Bodenwald nickte und wandte sich seinem Wagen zu. Dabei fiel sein Blick auf einen etwas abseits stehenden, unübersehbar deutlich zerkratzten Toyota, an dessen Motorhaube ein annähernd vierzigjähriger Mann stand und eine Zigarette rauchte. In der anderen Hand hielt er ein Smartphone, von dessen Bildschirm er immer wieder aufblickte und zu ihm herüber schaute. Für einen Augenblick zögerte Bodenwald und erwog, den Typen zur Rede zu stellen. Doch irgendwie sah der anders aus als die Männer, die sie während der Beisetzung observiert hatten. Die waren professioneller, selbstsicherer gewesen. Der dort wirkte auf ihn hypernervös und schaute viel zu verbissen auf sein Handy. Jedenfalls immer dann, wenn er sich beobachtet fühlte. Schulterzuckend stieg Bodenwald in den Wagen und machte sich daran, Andreas Kilian zu folgen.

Zwanzig Minuten später bog Bodenwald hinter Ingas Bruder in einen holprigen Waldweg ein und musste verdammt aufpassen, angesichts der vielen Löcher nicht mit der Bodenwanne seines Audi aufzusetzen. Schließlich stoppte er hinter Kilian an einer schmalen Lichtung und schälte sich erleichtert aus seinem Sitz.

„Wo hast du mich denn hingeschleppt? Kommen wir hier überhaupt wieder heil raus?"

Kilian grinste.

„Keine Sorge. Wir kommen hier wieder weg. Aber viel wichtiger ist, dass sie uns hier nicht abhören können."

„Du glaubst nicht, dass jemand mit einem Richtmikro durch das Unterholz kriecht?"

„Der Aufwand wäre zu hoch und sie hatten keine Zeit, um das vorzubereiten. Ich denke mal, wir sind hier ungestört, solange wir in Bewegung bleiben."

„Also gut, dann lass uns mal unseren Informationsstand abgleichen. Was hast du herausfinden können?"

Die beiden Männer schlenderten den Waldweg entlang. Kilian reichte Bodenwald einen USB-Stick.

„Nicht sehr viel, dafür aber um so interessanter. Ingas eigentlicher E-Mail-Account hat nicht viel hergegeben. Allgemeines Zeugs, Termine, Versandbestätigungen von Amazon und Zalando, Mahnungen. Sie war übrigens wahnsinnig schlampig, was die Bezahlung von Onlinelieferungen anging."

Bodenwald grinste. Oft genug hatte er Rechnungen für seine Freundin beglichen, die sie einfach vergessen hatte. Kilian blieb plötzlich stehen und blickte ihn an.

„Aber dann bin ich auf ein zweites Konto gestoßen. Und das war wesentlich schwieriger zu knacken. Aber mit Hilfe einiger Freunde habe ich es dann doch geschafft. Und siehe da, nun wurde es richtig interessant. Offenbar hatte meine Schwester Kontakte zu einem ausländischen Geheimdienst."

Bevor Bodenwald etwas entgegnen konnte, packte ihn Kilian am Ellenbogen und schob ihn weiter.

„Wir müssen in Bewegung bleiben. Also Inga hat über diesen ominösen Account in Kontakt mit einem Ingolf gestanden. Es gibt jede Menge Verabredungen zu Treffen an den merkwürdigsten Orten. Hat sie den Namen irgendwann einmal erwähnt?"

Bodenwald schüttelte den Kopf.

„Der sagt mir gar nichts. Aber sie hat sowieso nie viel darüber gesprochen, was sie die Woche über so getrieben hat, wenn sie unterwegs war."

„Ich habe dir den ganzen Mailverkehr auf den Stick gezogen. Sie hatte übrigens für den Tag ihres Todes ein Treffen mit diesem Ingolf vereinbart. Darum hatte sie selbst gebeten. Es sei sehr dringend, sie müsste ihn unbedingt persönlich sprechen."

„Vielleicht ist Ingolf ihr Mörder?"

„Das glaube ich nicht. Sie wurde drei Stunden vor dem Termin ermordet. Warum sollte Ingolf nicht warten, bis sie ihm gegenüber gestanden hat, sondern sie vorher umbringen? Ich denke mal, jemand wollte verhindern, dass sie ihn treffen sollte."

Bodenwald blieb stehen.

„Das macht Sinn. Vielleicht ging es um das hier."

Er griff in die Tasche seiner Jacke und zog die Speicherkarte hervor, die er aus dem Bilderrahmen gefummelt hatte.

„Ich kriege die Verschlüsselung nicht geknackt. Aber du oder deine Kumpel werden das sicher schaffen. Diese Karte war in meiner Wohnung versteckt. So gut, dass sie sie nicht gefunden haben, als meine Bude durchsucht wurde. Ich habe sie auch nur durch Zufall entdeckt."

Kilian wog das briefmarkengroße Kunststoffteil in der Hand.

„Hast du eine Kopie davon gemacht?"

Bodenwald nickte.

„Nicht nur eine, mehrere. Und die habe ich an verschiedenen Orten versteckt."

„Gut. Ich werde mich damit befassen. Musst du morgen wieder arbeiten?"

„Nein, die haben mich gefeuert. Damit kommt jetzt mein Teil der Geschichte."

Er berichtete Ingas Bruder von den Ereignissen der letzten Tage. Der hörte ungläubig zu.

„Die meinen also, meine Schwester hat Industriespionage betrieben? Das kann ich mir nicht vorstellen."

„Aber es passt doch ins Bild. Vor allem nach deinen Erkenntnissen über diesen Ingolf. Das war vielleicht ihr Agentenführer oder wie immer das heißt."

„Trotzdem ist die Geschichte merkwürdig. Inga hatte einen sehr gut bezahlten Job. Den musste sie doch nicht wegen so einem Scheiß aufs Spiel setzen. Ich schaue mir mal an, was auf diesem Stick ist und melde mich dann bei dir. Wir müssen allerdings aufpassen, keine Informationen am Telefon. Hier habe ich Dir einen Weg aufgeschrieben, über den wir in Kontakt bleiben können, ohne auf dem Radar der Behörden zu erscheinen. Es ist die Chatfunktion eines häufig genutzten Onlinespieles. Okay, die Methode ist nicht neu, dafür aber immer noch effektiv. Präge Dir alles gut ein und vernichte dann den Zettel."

Kilian beschrieb Bodenwald den Aufbau des Spieles und die grundlegenden Funktionen, dann umarmten sich die Männer kurz.

Bodenwald blieb noch einige Minuten im Auto sitzen und beobachtete, wie Ingas Bruder behutsam in den Waldweg einbog und und sein Wagen dann allmählich zwischen den Bäumen verschwand. Er selbst hatte es nicht eilig und war noch dabei, seine Gedanken zu ordnen, als jemand an die Scheibe des Audi klopfte. Vor Schreck zuckte er zusammen. Neben der Fahrertür stand die merkwürdige, nervöse Gestalt, die nach der Beerdigung an dem heruntergekommenen Toyota gelehnt hatte und forderte ihn mit Gesten dazu auf auszusteigen. Mit inoch immer heftig pochendem Herzen ließ Bodenwald die Fensterscheibe einen Spalt breit herunter.

„Wer sind Sie und was wollen Sie von mir?"

Der merkwürdige Typ beugte sich zu ihm herab.

„Entschuldigen Sie, dass ich Sie erschreckt habe dass ich Sie erschreckt habe. Ich bin ein Bekannter von Inga und muss Sie dringend sprechen."

Bodenwald musste sich einen Moment sammeln.

„Sind Sie Ingolf?"

Der Fremde wiegte den Kopf.

„Das ist das Pseydonym, uner dem mich die eine oder andere Person kennt. Mein richtiger Name ist Johannes Körner. Ich bin Journalist. Bitte steigen Sie aus und kommen Sie mit. Es ist wirklich sehr wichtig."

„Warum können wir uns nicht einfach so unterhalten? Gleich hier?"

„Weil die wissen, wo Sie sind. Sie sind Ihnen und Ihrem Begleiter gefolgt. Wahrscheinlich hat Ihr Wagen einen Peilsender. Kommen Sie jetzt bitte heraus?"

Widerwillig schälte sich Bodenwald aus dem Sitz.

Körner baute sich vor im auf.

„Lassen Sie Ihr Handy hier!"

„Aber das brauche ich..."

„Lassen Sie es hier. Man kann Sie darüber orten und auch ohne Probleme abhören. Also legen Sie es bitte in den Wagen!"

Seine Stimme klang plötzlich sehr bestimmt.

Bodenwald zuckte mit den Schultern und zog sein Smartphone aus der Tasche. Einen Augenblick lang wog er es in der Hand und wollte noch etwas sagen. Doch Körner wies wortlos mit dem Finger auf das Auto und so steckte er das Telefon in das Ablagefach der Fahrertür.

„Ich hoffe nur, es ist wirklich wichtig, was Sie mir zu erzählen haben. Ich habe in der letzten Zeit genug wilde Geschichten gehört."

„Kommen Sie mit, wir gehen ein Stück."

Körner drehte sich um und stampfte los. Den gleichen Weg, den er gerade eben mit Andreas Kilian gegangen war.

Erst nach guten hundert Metern blieb er plötzlich stehen und wandte sich zu Bodenwald um.

„Okay, jetzt können wir reden."

Bodenwald, der ein wenig außer Atem gekommen war, blickte ihm ein wenig spöttisch in die Augen.

„Wurde ja auch Zeit. Woher weiß ich, dass ich Ihnen vertrauen kann? Wieso soll ich überhaupt glauben, dass Sie irgendetwas wissen und mich nicht einfach in eine Falle locken wollen?"

„Deshalb."

Er griff in die Tasche seiner Jacke und zog ein kleines Gerät hervor, an dem ein Paar Kopfhörer baumelten. Es war ein alter MP3-Player, ähnlich dem, den Bodenwald als Jugendlicher besessen hatte.

„Ich weiß, aus Ihrer Sicht ist das Technik aus der Steinzeit. Aber dieses Gerät kann nicht online gehen und deshalb auch nicht geortet werden. Darauf habe ich Inga Kilians letzten Anruf bei mir aufgezeichnet, kurz bevor sie umgebracht wurde. Ich schneide grundsätzlich alle wichtigen Telefonate mit. Bitte hören Sie sich das an."

Bodenwald steckte sich den kleinen Hörer ins Ohr und vernahm Ingas Stimme.

„Johannes, ich werde verfolgt. Zwei Männer sind hinter mir her."

„Wo bist du jetz?"

„Östlich von Hamburg, auf dem Weg nach Ludwigslust."

„Ähhh, wo ist das?"

„In Mecklenburg. Was soll ich jetzt tun? Meinen Freund erreiche ich nicht. Ich habe ihm schon auf die Mailbox gesprochen, aber er hat noch nicht zurückgerufen."

„Pass auf, du fährst irgendwo hin, wo viele Menschen sind. Eine Tankstelle oder ein Einkaufszentrum. Egal was. Dann rufst du mich wieder an und ich organisiere Hilfe."

„Ich werde..., verdammt. Johannes! Hilfe..!"

Bodenwald erstarrte. Sein Blick schweifte an Körner vorbei irgendwo hinein in den Wald. Bisher hatte er gedacht, Ingas letzter Anruf hätte ihm gegolten. Jetzt hatte er ihre Worte gehört. Sie klangen verzweifelt und verängstigt. Die junge, sonst so selbstsichere Frau war in den letzten Augenblicken ihres Lebens in echter Panik. Und sie hatte von zwei Männern gesprochen, die ihr gefolgt seien.

Langsam, wie in Zeitlupe, zog er die Ohrhörer heraus und reichts sie Körner.

„Waren Sie damit bei der Polizei?"

„Sind Sie wahnsinnig? Die sind hinter mir her. Seit die herausgefunden haben, dass Ingas letzter Anruf mir gegolten hat.

Ich bin abgetaucht, habe mir ein altes Auto besorgt und wohne mal hier und mal da bei Freunden."

„Was wollen die von Ihnen? Und wer sind DIE überhaupt?"

Bodenwald wollte sich wieder in Bewegung setzen, doch Körner war stehengeblieben.

„Sie haben keine Ahung, worum es geht, richtig?"

„Wissen Sie, auf mich sind in den letzten Tagen so viele Informationen eingeprasselt, dass ich noch gar nicht dazu gekommen bin, alles zu sortieren. Und wahrscheinlich kommen Sie mir jetzt auch noch mit einer ganz neuen Version."

„Was hat man Ihnen denn bisher erzählt?"

Körner machte einen Schritt auf Bodenwald zu. Der hob die Hände.

„Nein, so läuft das nicht. Sie wollten ein Treffen mit mir. Also sagen Sie mir zuerst, was Sie wissen. Wer garantiert mir denn, dass Sie nicht nur meine Informationen abschöpfen wollen."

Körner schüttelte den Kopf.

„Abschöpfen. Sie reden ja schon wie ein Geheimdienstler. Dabei dachte ich immer, Sie sind Ingenieur."

„Bin ich auch. Aber wahrscheinlich schwirrte das Wort Geheimdienst in letzter Zeit soviel um mich herum, dass ich auch schon so spreche."

„Wollte man Ihnen etwa auch weismachen, dass Inga spioniert hat?"

„Sowas in der Art, ja."

Körner lachte auf und setze sich langsam wieder in Bewegung.

„Das dachte ich mir. Aber das ist alles Blödsinn. Inga ist durch Zufall an einige sehr brisante Informationen gekommen und musste sterben, weil sie sie mir geben wollte. Ich sollte sie veröffentlichen."

„Arbeiten Sie für eine Zeitung?"

„Sie Spaßvogel. Dann hätten die es ja leicht gehabt. Nein, mein Freund, ich bin Blogger und betreibe zusammen mit einer guten Freundin einen unabhängigen Nachrichtenblog im Internet. Deshalb bin ich so gefährlich für sie. Die Mainstream-Journalisten haben sie alle in der Tasche. Die machen keine Probleme. Aber uns können sie nicht so einfach kontrollieren. Und das, was Inga gefunden hat, ist reinster Sprengstoff. Der bringt das ganze System ins Wanken. Deshalb war man hinter ihr her. Und deshalb suchen sie auch nach mir. Und wahrscheinlich auch schon nach Ihnen."

„Ich frage noch mal. Wer sind DIE? Und wer sucht uns?" Körner rollte mit den Augen.

„Haben Sie schon mal was vom tiefen Staat gehört?" Bodenwald zuckte mit den Schultern.

„Angeblich gab oder gibt es das in der Türkei. Militärs, Geheimdienste, Polizei und so. Eine Art Politmafia."

„Bravo! Damit wissen Sie schon mehr als neunzig Prozent der deutschen Bevölkerung. Und trotzdem wird es sie schockieren, dass es sowas auch hier bei uns gibt."

„Ach kommen Sie, Körner. Das sind doch die typischen Verschwörungstheorien aus dem Internet. Und ich dachte, Sie wären nicht so einer."

„Glauben Sie, Ihre Freundin musste sterben, weil sie irgendeiner Verschwörungstheorie hinterhergelaufen ist? Der Syrier, der sich angeblich im Knast erhängt hat. Ist das nur eine Fiktion? Nein, wir haben es mit der bitteren Realität zu tun. Es gibt in unserem schönen, ach so demokratisch kontrollierten Deutschland geheime Strukturen im Militär und den Geheimdiensten, die sich für einen Tag X rüsten. Die bereit sind, jederzeit die Macht im Staat zu übernehmen. Und Inga, Ihre Freundin Inga, ist durch einen Zufall auf die Beweise dafür gestoßen. Angeblich Dateien mit Namen, Adressen, Codewörtern und und und. Ich sage angeblich, weil ich diese Informationen noch nicht gesehen habe."

Bodenwald starrte auf den Weg vor sich, der mehrere hundert Meter schnurgerade durch den Wald führte. Zu beiden Seiten standen junge Fichten und bildeten eine Art Mauer, so dass er sich für einen Moment vorkam, als ginge er durch eine schmale Gasse.

„Es kann sein, dass ich im Besitz dieser Informationen bin."

Körner blieb ruckartig stehen.

„Sind Sie sicher?"

Jan Bodenwald zuckte mit den Schultern. Dann erzählte er dem Journalisten von der SD-Karte, die er in seinem Bilderrahmen gefunden hatte. Dessen Augen begannen zu funkeln.

„Das klingt ganz nach Inga. Sie hatte angeblich mehrere Kopien davon gemacht und an verschiedenen Orten versteckt..."

Körner konnte das Auto nicht sehen, weil er mit dem Rücken in dessen Richtung stand, Bodenwald machte einen Schritt zur Seite und bemerkte, wie der schwarze Geländewagen etwa dreihundert Meter entfernt stoppte und die Türen aufschwangen. Er kniff die Augen zusammen. „Weg hier!"

Doch die Warnung kam für Johannes Körner zu spät. Ein Geschoß traf seinen Hinterkopf und trat an der Stirn wieder aus. Es zerfetzte das halbe Gesicht, ein Nebelschleier aus Blut und

Gehirnmasse spritzte Bodenwald entgegen. Der reagierte, obwohl er solche Situationen nicht kannte, reflexartig und hechtete in die dichte Fichtenschonung. Dabei stolperte er über einen herumliegenden trockenen Ast und stürzte der Länge nach zwischen auf den weichen Waldboden. Das rettete ihm das Leben, denn Sekundenbruchteile später schlug ein Geschoß in einem der Stämme über ihm ein. Zweige regneten auf ihn herab. Bodenwald rappelte sich auf und kämpfte sich, so schnell er konnte, durch die dicht beieinanderstehenden Bäume tiefer in den Wald hinein. Er hörte ein Auto auf dem Weg hinter sich stoppen und warf sich in eine kleine Mulde. Schwer atmend hob er sachte den Kopf und spähte in Richtung Waldrand. In der Tat wuchtete sich ein Mann mit einem Gewehr durch die dichten grüne Äste und versuchte, im Inneren der halbdunklen Schonung etwas zu erkennen. Bodenwald drückte sein Gesicht auf den Waldboden und hielt die Luft an. Er rechnete jeden Moment damit, dass ein Schatten über ihm auftauchte und eine Gewehrmündung auf seinen Hinterkopf zielte. Wie lange er so lag und kaum wagte, Lzu atmen, konnte er nicht sagen. Irgendwann hörte er Autotüren zuschlagen und einen Motor aufheulen. Doch er rührte sich immer noch nicht.

Erst nach beinahe einer Stunde schob er sich misstrauisch aus der Mulde. Weitere fünfzehn Minuten beobachtete Bodenwald die Umgebung und lauschte auf jedes Geräusch. Erst dann schlich er behutsam zurück in Richtung des Waldweges, blieb allerdings weiter versteckt im Schutze der Bäume. Obwohl es allmählich dämmerte, konnte er erkennen, dass die Leiche von Johannes Körner verschwunden war. Er rappelte sich auf und begann, sich vorichtig entlang des Weges durch das Unterholz zu tasten. Das wurde mit zunehmender Dunkelheit immer mühseliger. Ständig stolperte er über herumliegende Äste, trat in unsichtbare Kuhlen oder bekam herunterhängende Zweige ins Gesicht. Frustriert und unsicher stampfte er weiter bis er nach einer knappen Stunde total erschöpft die Stelle erreichte, an der er sein Auto abgestellt hatte. Er blieb jedoch im Unterholz versteckt, sank zu Boden und lehnte sich mit dem Rücken an einen Baum.

Für einen Moment schloss er die Augen und versuchte, seine Situation zu analysieren. Die Lage war alles in allem nicht rosig. Er saß in einem riesigen Waldgebiet irgendwo in der Mark Brandenburg fest, einer Gegend, in der er niemanden kannte. Er hatte zwar etwas Geld und seine Papiere dabei, allerdings kein Handy und nichts zu essen oder trinken. Sein Auto stand keine hundert Meter von ihm entfernt, doch ganz sicher würde man es überwachen. Möglicherweise lag der unbekannte Schütze irgendwo hier auf der Lauer und wartete auf seine Rückkehr, um ihm dann genauso den Schädel wegzublasen wie Johannes Körner. Bodenwald begann zu rechnen. Um hierher zu gelangen war er Ingas Bruder mindestens eine Viertelstunde lang über den Waldweg gefolgt. Das hieße wenigstens zwei Stunden Fußmarsch bei idealen Bedingungen. Unter den gegebenen Umständen, in völliger Dunkelheit und entlang der Strecke durch das Unterholz, würde er vermutlich die ganze Nacht brauchen. Und wenn die Gegenseite clever war, wovon er in diesem Falle ausgehen konnte, hatte sie die Waldausgänge sicher unter Kontrolle.

Etwas schreckte ihn aus seinen Gedanken. Scheinwerfer bohrten sich wie Speere durch den dunklen Wald und im nächsten Moment hörte er die Geräusche mehrerer Motoren. Wenig später bogen ein Kleinbus und zwei Lastwagen vom Weg auf die Lichtung ein und stoppten neben seinem Auto. Bodenwald warf sich auf den Bauch und beobachtete die Szenerie. Von den beiden Lastwagen sprangen etwa vierzig uniformierte Männer, während fünf weitere aus dem Bus kletterten. Ihnen kamen aus dem Gebüsch neben Bodenwalds Audi zwei Gestalten entgegen. Wenige Augenblicke später ertönten Befehle und die in lockeren Gruppen herumstehenden Männer formierten sich langsam in vier verschiedene Gruppen. An dem Kleinbus wurde die Heckklappe geöffnet und jeder bekam etwas ausgehändigt. Offenbar waren es leistungsstarke Handscheinwerfer, denn wenig später stachen dutzende Lichtstrahlen wie Leuchtfinger in das Unterholz um die Lichtung herum.

Die Männer bildeten vier Ketten, die gleichzeitig in jede Himmelsrichtung in den Wald eindrangen. Bodenwald blieb nur wenig Zeit, sich tiefer in den Wald zurückzuziehen. Nach etwa einhundert Metern hatte er das Glück, eine kleine Mulde zu finden, in die er sich kauerte. Verzweifelt tastete er in der Dunkelheit nach ein paar Ästen, die er über seinen Körper legte. Schon kam eine Lichterkette auf ihn zu. Der Abstand zwischen den einzelnen Männern betrug kaum zehn Meter. Wegen des unebenen Bodens kamen sie nur langsam vorwärts und waren dabei offenkundig nicht sonderlich motiviert. Lustlos schwangen sie Scheinwerfer vor sich her, mehr um sich selbst den Weg auszuleuchten, als nach jemandem zu suchen. Bodenwald presste sich in an den Boden und wagte kaum zu atmen. Er hörte, wie die Männer sich einzelne Sätze zuriefen und registrierte, dass sie sich nicht auf Deutsch verständigten. Er versuchte erst gar nicht, die Sprache zu deuten, sondern war mehr damit beschäftigt, nicht entdeckt zu werden. Inzwischen waren die Abstände zwischen den Uniformierten lange nicht mehr so gleichmäßig wie zu Anfang der Suchaktion. Einige waren zurückgeblieben, andere bereits weiter vorn.

Ein Licht taumelte direkt auf Bodenwalds Versteck zu. Der Mann, der die Lampe wild umher schwenkte, hatte offenkundig besondere Probleme, sich im Wald zu bewegen. Immer wieder strauchelte er, um dann einen Moment stehen zu bleiben und auf dem Boden nach neuen Hindernissen zu suchen. Dabei war er mittlerweile um einiges hinter seine Kameraden zurückgefallen. Und doch kam er nun direkt auf die Mulde zu, in der Jan Bodenwald kauerte. Die beiden trennten noch zwei Schritte, als der Lichtkegel des Scheinwerfers über ihn hinweg glitt. Doch der Mann bemerkte ihn nicht, weil er just in diesem Moment nach seinen Kameraden schaute, die sich mittlerweile zwanzig Meter entfernt durch das dichter werdende Unterholz kämpften. Dabei achtete kaum noch jemand auf die Distanz zu seinem Nebenmann, sondern war nur noch damit beschäftigt, selbst vorwärtszukommen, ohne dabei zu stürzen oder gegen einen Baum zu laufen.

Bodenwald spürte einen Fuß auf seinem Rücken, drehte sich blitzartig um und fuhr hoch. Der Mann über ihm schlug mit einem kurzen Aufschrei lang auf den Waldboden. Sofort warf sich Bodenwald auf ihn und begann, mit der Faust auf den Kopf des Uniformierten einzuschlagen. Erst jetzt bemerkte er, dass der Mann ein Sturmgewehr auf dem Rücken trug. Mit einiger Mühe wand er dem unter ihm liegenden den Riemen der Waffe aus dem

Arm und hieb mit dem Kolben mehrere Male auf dessen Schädel ein. Erschöpft sank er nach vorn, bis sein Gesicht direkt neben dem Kopf seines Gegners war. Der war durch die Schläge entweder tot oder so schwer verletzt worden, dass er keine Gefahr mehr darstellte. Bodenwald blickte sich um. Allem Anschein nach hatten die anderen Männer von dem kurzen Kampf nichts mitbekommen und waren weiterhin so mit sich beschäftigt, dass sie das Fehlen ihres Kameraden nicht bemerkten. Er griff nach der Lampe, die noch immer auf dem Waldboden lag und schaltete sie aus. Dann zerrte er den leblosen Körper seines Widersachers in die Mulde. Dessen Schädel war aufgeplatzt und auf Bodenwalds Jacke sickerte Blut. Bodenwald hob den Kopf und schaute sich um. Die Suchkette war inzwischen noch tiefer im Wald verschwunden. Er sah ab und an einen Lichtschein. Auch auf der Lichtung bei den Fahrzeugen tat sich nichts. Er versuchte, bei seinem Gegner irgendwelche Lebenszeichen festzustellen, doch er vernahm weder Atemzüge noch konnte er einen Puls fühlen. Augenscheinlich hatte er den Mann umgebracht.

Bodenwald hielt einen Moment inne und atmete tief durch. Er hatte einen Menschen getötet. Jemanden, den er nicht kannte und von dem er nichts wusste. Nicht einmal, ob der überhaupt nach ihm gesucht hatte oder auf einer ganz anderen Mission hier im Wald unterwegs war. Der Ingenieur überwand sich und versuchte, das Gesicht seines Opfers zu erkennen. Seine Augen hatten sich an die Dunkelheit gewöhnt und so konnte er zumindest erkennen, dass der Tote eher südländisch aussah. Die Haare waren offenbar schwarz, die Gesichtszüge hart und kantig. Die offenen Augen starrten in die Baumkronen. Bodenwald wandte den Blick ab und dachte nach. Dann begann er, dem Toten die Uniformjacke auszuziehen. Überrascht stellte er fest, dass es sich dabei um einen vergleichsweise neuen Tarnparka der Bundeswehr handeln musste. In den Taschen fand er einen Schokoriegel und ein Päckchen Marlboro. Bodenwald suchte weiter und stieß auf zwei volle Magazine für das Sturmgewehr, eine Brieftasche, die er ungeöffnet einsteckte. In einer der Hosentaschen entdeckte er ein Smartphone, das er nach kurzem Überlegen in die Dunkelheit schleuderte. Schließlich zog er sich den Parka über, griff sich das Sturmgewehr und rappelte sich auf. Bevor er sich in Bewegung setzte, drehte er sich noch einmal um und schob einige Zweige über den Toten. Dann bückte er sich nach dem Handscheinwerfer und verschwand in der Dunkelheit.

Die Suchaktion dauerte bereits mehr als zwei Stunden. Immer wieder gelang es Bodenwald, den herannahenden Lichterketten auszuweichen. Wer auch immer da unterwegs war, um ihn aufzuspüren, schien nicht sehr einsatzfreudig zu sein. Er beobachtete, wie sich einzelne Lichter immer mal wieder zu Grüppchen trafen, unübersehbar Zigaretten entzündeten, um nach ein paar Minuten wieder auszuschwärmen und langsam durch das dichte Unterholz zu klettern. Bodenwald bemühte sich, immer im Rücken der Männer zu bleiben, die sich durch den Wald quälten. Endlich erreichte die Gruppe vor ihm einen Waldrand, an den ein Feld grenzte. Bereits von weitem nahm Bohm den typischen Geruch von blühendem Raps wahr. Er war auf dem Lande aufgewachsen und dieser Duft gehörte zu seinen einprägsamsten Kindheitserinnerungen. Er blieb im Schutz der Bäume und beobachtete die Uniformierten, die ratlos stehengeblieben waren und sich umschauten. Nun konnte Bodenwald sie besser erkennen. Alle trugen Bundeswehruniformen und hatten G-36 Sturmgewehre umgehängt.

Bodenwald suchte sich eine Vertiefung hinter einem Baum und und sah zu, wie die Männer etwa einhundert Meter entfernt einen Kreis bildeten. Feuerzeuge flammten auf und wenig später leuchteten die roten Punkte angezündeter Zigaretten in der Dunkelheit. Er fragte sich, wann sie wohl das Fehlen eines ihrer Kameraden bemerken würden. Schließlich trennte sich ein Mann von der Gruppe, ging ein paar Schritte beiseite und sprach offenbar in ein Funkgerät. Dann rief er seinen Männern etwas zu, in einer Sprache, die Bodenwald nicht verstand, woraufhin die ihre Waffen packten und sich aufgeregt umschauten. Auf Jan Bodenwald, der selbst drei Jahre bei der Bundeswehr verbracht hatte, machten sie nicht den Eindruck einer ausgebildeten militärischen Formation. Trotzdem drückte er sich enger in die kleine Mulde und schob sein erbeutetes Sturmgewehr in den Anschlag. Kampflos sollten sie ihn nicht bekommen. Immerhin hatte er einen von ihnen getötet.

Die Männer formierten sich nun in eine Reihe und gingen langsam den Waldrand entlang, wobei sie immer wieder ihre Waffen hoben und in die Dunkelheit zielten. Anscheinend hatte man inzwischen bemerkt, dass einer der ihren vermisst wurde oder womöglich schon seine Leiche gefunden. Auf jeden Fall waren die Typen jetzt wachsamer, blieben immer wieder stehen und lauschten in die Dunkelheit. Bodenwald verfolgte durch das Zielfernrohr, wie sich die Truppe langsam entfernte. Er beschloss, trotz allem noch einige Zeit in der Deckung zu verbringen. Möglicherweise würde die Suchaktion ja wiederholt oder sogar ausgeweitet werden. Hier im Wald, mit einer Waffe in der Hand, fühlte er sich sicherer als auf freiem Feld. Seine Augen hatten sich an die Dunkelheit gewöhnt und er wusste nun, dass er es nicht mit ausgebildeten Soldaten oder Polizisten zu tun gehabt hatte, sondern, ja mit was dann?

Aus der Ferne hörte der ein Brummen, das stetig anschwoll, bis er das typische Geräusch eines Hubschraubers identifizierte, der auf das Waldgebiet zuhielt. Wenig später sah er die roten Positionslichter weit links von sich den Waldrand überfliegen. Bodenwald wurde klar, dass ein Hubschrauber um diese Zeit nur eines bedeuten konnte. Man suchte mit einem Infrarot-Scanner nach ihm. Angestrengt lauschte er in die Dunkelheit. Tatsächlich wurden die Geräusche des Helikopters mal lauter und mal leiser. Offenbar flog er Kreise über dem Wald oder folgte einem speziellen Suchmuster. Auf jeden Fall würde er irgendwann über ihm stehen und ihn als einen hellen Fleck auf dem Bildschirm des Kopiloten aufleuchten lassen. In dem Augenblick, so war ihm bewusst, hätte er das Rennen verloren, denn dann würde ihn der Hubschrauber gnadenlos so lange verfolgen, bis er gefasst oder getötet sein wäre. Bodenwalds Gehirn arbeitete auf Hochtouren, als er seine Optionen durchging. Er konnte versuchen, sich in den Boden zu wühlen und so die Infrarotsignatur zu verfälschen. Eventuell hielt man ihn dann ja für ein Stück Wild. Unwahrscheinlich. Er erinnerte sich an eine Präsentation bei Eurocopter vor einem Jahr, als man ihm und einigen Kollegen die Möglichkeiten der neuesten Überwachungstechnik vorgeführt hatte. Die Präzision der Infrarotbilder war dabei in etwa so gut wie die von scharfen Schwarz-Weiß-Fotos. Und der Pilot konnte ja, so lange der Treibstoff reichte, über einer Stelle stehenbleiben. Wild würde irgendwann fliehen und wäre dann identifizierbar.

Ihm blieb also nur die zweite Variante, die Flucht in das Rapsfeld, in der Hoffnung, dass der Hubschrauber seine Suche auf das Waldgebiet beschränken würde.

Bodenwald packte seine Waffe und stürmte los. Am Waldrand stoppte er kurz und sah sich um. Zum Glück konnte er niemanden entdecken. Die Nacht war hier draußen nicht so dunkel wie zwischen den Bäumen und im gelb blühenden Raps würde eine flüchtende Person einem aufmerksamen Beobachter immer auffallen. Doch er hatte keine andere Wahl. So rannte er in das Feld hinein, bemüht, möglichst viel Abstand zwischen sich und den Waldrand zu bringen. In der Ferne hörte er den Hubschrauber. Wieder schwoll das Geräusch an. Schwer atmend ließ er sich zwischen die dichten Pflanzen fallen und beobachtete den Himmel. Irgendwo über dem Wald sah er kurz die roten Lichter blinken und wieder verschwinden. Offenbar flog der Helikopter in engen Schleifen über den Bäumen. Bodenwald sprang auf und hastete weiter. Wieder hörte er den Hubschrauber näher kommen und warf sich in Deckung.

Doch dieses Mal wurde das Geräusch nicht leiser, sondern kam direkt auf ihn zu. Wie es schien hatten die Piloten ihn entdeckt. Nun half alles nichts mehr. Bodenwald entsicherte sein Sturmgewehr, schaltete das Laserlichtmodul ein und zielte auf den herannahenden Helikopter. Er hatte nicht vor, ihn abzuschießen und so noch mehr Menschen zu töten. Doch hier ging es um sein eigenes Leben. Und das hing im Moment am seidenen Faden. Als der Helikopter, er identifizierte ihn jetzt als Bell 206, noch etwa dreihundert Meter entfernt war und weiter auf ihn zusteuerte, gab er einen kurzen Feuerstoß ab. Tatsächlich riss der Pilot unmittelbar danach die Maschine herum, entfernte sich einige hundert Meter und stieg in eine größere Höhe. Doch Bodenwald war klar, dass sie ihn nun entdeckt hatten und nicht mehr aus den Augen lassen würden. Er sprang auf und rannte weiter, wobei er sich immer wieder nach dem Hubschrauber umsah, der unverändert über dem Wald schwebte und ihn beobachtete.

Weit vor sich konnte Bodenwald eine Baumreihe ausmachen, allem Anschein nach eine Straße, die quer durch die Rapsfelder führte. Er dachte nicht weiter darüber nach, ob dies nun ein Vorteil für ihn sein könnte oder nicht, sondern hielt darauf zu. Völlig ausgepumpt ließ er sich in den Straßengraben fallen und wandte sich nach dem Hubschrauber um. Der hatte seine Position geändert und schwebte jetzt in respektvoller Entfernung direkt über den Bäumen, die die Fahrbahn säumten. In der Ferne sah er ein paar Scheinwerferpaare aufleuchten, die rasch näher kamen. Augenscheinlich führte der Pilot die Suchtrupps heran. Bodenwald blickte sich um. Die Straße führte tatsächlich durch ein enorm großes Rapsfeld. Der Wald war jetzt etliche hundert Meter entfernt und dort vorn kamen die Lastwagen mit gut fünfzig Uniformierten und bewaffneten Männern, die eine Menge Wut im Bauch haben mussten, weil er einen ihrer Kameraden getötet hatte. In wenigen Augenblicken dürften die Fahrzeuge direkt vor ihm stoppen und die Bewaffneten ihn gnadenlos umzingeln. Die Frage wäre, ob man ihn gleich hier erschießen würde oder mitnehmen und verhören, was sicher die unangenehmere Variante wäre. Jan Bodenwald ließ seine Gedanken für einen Moment laufen. Er war nicht der Held, der mit einem coolen Spruch auf den Lippen heroisch in den Tod gehen wollte. Ihm war aber auch klar, dass er faktisch ein toter

Mann war. Die Frage war nur, ob gleich und schnell oder langsam und qualvoll. Er starrte nach vorn. Die Lichter der Lastwagen waren noch ein paar hundert Meter entfernt. Sie wussten jetzt, dass er bewaffnet war und würden vorsichtig vorgehen. Vielleicht... Ein Hupen riss ihn aus seinen Gedanken. Neben ihm hatte ein Auto gestoppt, ein VW Golf, der sich von der anderen Seite scheinbar ohne Licht genähert hatte. Der Wagen wendete, die Scheibe der Fahrertür senkte sich und Bodenwald bemerkte den Kopf einer Frau.

„Los, springen Sie hinten rein, wenn Sie hier heil rauskommen wollen!"

Jan Bodenwald dachte nicht lange nach und sprintete auf den Golf zu. Die Lichter der Verfolger waren inzwischen so nah, dass der die einzelnen Fahrzeuge unterscheiden konnte. Er hechtete auf die Rückbank und die Fahrerin trat das Gaspedal durch.

„Machen Sie die Tür zu, wenn Sie nicht rausfallen wollen!"

Bodenwald rappelte sich hoch und angelte nach dem Griff.

„Danke! Aber die haben einen Hubschrauber. Der wird uns nicht aus den Augen lassen."

„Ich weiß. Darum kümmern wir uns als nächstes. Erst einmal müssen wir hier weg."

Auf dem Beifahrersitz krächzte ein Funkgerät. Bodenwald konnte nicht viel verstehen.

Die Fahrerin schaltete in den nächsten Gang und hob den Finger.

„Da! Sie melden Ihre Flucht mit meinem Auto! Jetzt müssen wir uns was einfallen lassen."

Bodenwald machte große Augen.

„Sie hören deren Funk ab? Wer sind Sie, in Gottes Namen?"

Die junge Frau lachte.

„Oh verzeihen Sie, dass ich mich nicht vorgestellt habe. Ich wusste ja nicht, dass Ihnen Ihre Mutti verboten hat, zu fremden Leuten ins Auto zu steigen."

Wieder meldete sich das Funkgerät.

„Sie versuchen gerade, eine Straßensperre zu organisieren. Wir brauchen dringend eine Idee. Mein Name ist übrigens Silvana Renk. Ich bin eine Kollegin von Johannes. Der wollte sich heute hier in der Nähe mit Ihnen treffen."

Bodenwald blickte sich um. Die Lichter der Lastwagen waren vorerst verschwunden, allerdings war der Hubschrauber immer noch da und verfolgte sie in gebührender Entfernung.

„Das hat er auch. Dann wurde er vor meinen Augen erschossen."

„Scheiße! Ich habe sowas geahnt."

Silvana schlug ein paar Mal mit der flachen Hand auf das Lenkrad,

„Diese Schweine! Ich habe ihm immer wieder gesagt, er solle aufpassen. Die haben ihn im Visier. Aber er wollte mir nicht glauben."

Bodenwald versuchte, den Helikopter im Auge zu behalten.

„Es tut mir ehrlich leid. Er wollte Informationen von mir haben, für deren Besitz offenbar meine Freundin ermordet wurde."

„Inga Kilian, ich weiß. Ich habe sie gut gekannt."

„Ach. Davon wusste ich nichts."

„Sie wussten so einiges nicht. Inga war eine gute Quelle. Nur bei diesem letzten Fall hat sie offensichtlich in ein Wespennest gestochen."

Sie näherten sich einer kleinen Stadt. Der Hubschrauber war noch immer hinter ihnen. Bodenwald packte sein Sturmgewehr.

„Wir müssen das Auto loswerden und irgendwie untertauchen."

„Aber wo in diesem Kaff? Es ist mitten in der Nacht. Und bald wimmelt es hier von Polizei."

13.

Der Hubschrauber verfolgte sie noch immer, blieb jedoch in respektvollem Abstand. Näher musste er auch gar nicht kommen, denn um diese Zeit waren nur wenige Autos unterwegs, was die Verfolgung praktisch zu einem Kinderspiel machte. Ganz allmählich wurde auch Silvana Renk nervös. Immer wieder schaute sie in den Rückspiegel.

„Verdammt, dem muss doch irgendwann mal der Sprit ausgehen!"

Bodenwald, der noch immer auf der Rückbank saß, ließ das Magazin aus dem Sturmgewehr gleiten, kontrollierte, ob genügend Munition vorhanden war und setzte es wieder ein. Inzwischen näherten sie sich dem Stadtrand.

„Stoppen Sie dort vorn, hinter dem letzten Haus! Ich versuche, ihn irgendwie zu erwischen."

Silvana drehte sich kurz zu ihm um.

„Sie wollen ihn abschießen?"

„Das ist die allerletzte Option. Ich will ihn zumindest so treffen, dass er nicht mehr fliegen kann und runtergehen muss."

„Das kriegen Sie hin?"

„Keine Ahnung. Aber es ist unsere einzige Chance, ihn loszuwerden. Jetzt anhalten."

Sie trat so heftig auf die Bremse, dass er nach vorn geschleudert wurde und gegen die Sitzlehnen prallte. Dann öffnete Bodenwald die Tür und ließ sich aus dem Wagen fallen. Der Pilot des Hubschraubers hatte das Bremsmanöver zu spät mitbekommen und war nun keine fünfzig Meter von ihm entfernt. Bodenwald rappelte sich auf, stützte die Ellenbogen auf das Autodach und gab einen langen Feuerstoß in Richtung des

Triebwerkes unterhalb des Rotors ab.. Ohne sich weiter um die Wirkung seiner Schüsse zu kümmern zielte er nun auf das Heck. Das wäre gar nicht mehr nötig gewesen, denn im nächsten Moment schlugen Flammen aus dem Triebwerk und die Maschine geriet ins Trudeln. Der Pilot schaffte es offenbar mit viel Mühe, einigermaßen die Kontrolle über sein Fluggerät zu behalten. Krachend setzte er die Maschine in einem großen Garten zwischen ein paar Obstbäumen auf. Bodenwald beobachtete, dass die Seitentür aufschwang, ein Mann heraussprang und jemanden hinter sich her zerrte, während die Flammen immer größer wurden. Er warf das Sturmgewehr auf den Rücksitz und rannte zu den beiden Flieger. Er packte den verletzten Mann am Arm und schleppte ihn gemeinsam mit dem anderen Piloten weg von der brennenden Maschine. Sie waren keine fünfzig Meter entfernt, als der Tank des Helikopters explodierte. Sie ließen sich in den Straßengraben direkt neben Silvanas Auto fallen und versuchten, mit den Händen ihre Köpfe zu schützen. Die heiße Druckwelle strich über sie hinweg. Der unverletzte Pilot rappelte sich als erstes auf und funkelte Bodenwald böse an.

„Sind sie Rambo oder was? Sie Wahnsinniger haben auf uns geschossen!"

Bevor Bodenwald antworten konnte, stöhnte der Verletzte zwischen ihnen auf.

„Scheiße, mein Bein!"

Der Pilot zeigte auf seinen Kameraden.

„Sie haben ihn beinahe umgebracht! Der hat einen Treffer ins Bein bekommen, dafür nehme ich Sie fest."

Er nestelte an seinem Gürtel herum und wollte anscheinend eine Pistole ziehen, doch sein Kopilot stöhnte wieder.

„Lass ihn, immerhin hat er uns gerettet. Kümmer dich um mein Bein, es tut höllisch weh!"

Doch der andere schüttelte den Kopf.

„Wir sollen ihn schnappen. Und immerhin hat er auf uns geschossen."

Es gelang ihm endlich, seine Pistole hervorzuholen. Doch bevor er sie auf Bodenwald richten konnte, fiel ganz in der Nähe ein Schuss. Alle Köpfe fuhren herum. Vor ihnen stand Silvana Renk mit dem G-36 in der Hand. Sie richtete die Mündung auf den Piloten.

„Die Waffe weg!"

Bodenwald reagierte am schnellsten und riss dem völlig verblüfften Flieger die Pistole aus der Hand.

„Gut gemacht! Jetzt lass uns verschwinden. Gleich ist hier die Hölle los."

Die beiden sprinteten zum Auto. Dieses Mal schwang sich Bodenwald auf den Beifahrersitz. Silvana startete den Motor und trat das Gaspedal durch.

Zunächst saßen sie schweigend nebeneinander. Jeder war mit den Gedanken noch bei den Ereignissen der letzten Minuten. Irgendwann atmete die junge Frau hörbar aus.

„Mann o Mann! Einfach mal so einen Hubschrauber abzuschießen. Sie haben vielleicht Eier!"

Bodenwald lächelte.

„Sie sind aber auch nicht ohne. Woher haben Sie gelernt, mit einem Sturmgewehr umzugehen?"

„Mein Bruder ist Feldwebel bei der Bundeswehr. Meldet sich dauernd freiwillig für alle möglichen Einsätze. Der war in Afghanistan, im Kosovo, in Mali. Überall dort, wo es heiß her geht. Und ist ein absoluter Waffennarr. Der hat mir so oft erklärt, wie man ein G-36 bedient, dass ich das hinkriege, ohne so eine Knarre jemals in der Hand gehabt zu haben. Außerdem hatten Sie das Ding nicht gesichert, als Sie es ins Auto geschmissen haben. Ganz schön leichtsinnig."

Bodenwald hob die Hände.

„Ist sprichwörtlich im Eifer des Gefechts passiert. Tut mir leid. Wohin fahren wir überhaupt?"

„Ein Bekannter von mir hat ein Wochenendgrundstück an einem kleinen See. Dort tauchen wir erst einmal unter. Es sind aber noch gut fünfzig oder sechzig Kilometer bis dahin. Warum haben Sie eigentlich Ihre Haut riskiert und den Piloten geholfen? Das hat uns einen Haufen Zeit gekostet und obendrein wollte der Sie auch noch festnehmen."

Bodenwald atmete tief durch.

„Ich wollte sie nur kampfunfähig machen und nicht töten. Außerdem habe ich heute schon jemanden umgebracht. Das sollte für einen Tag reichen. Ich bin schließlich kein Serienkiller."

Er berichtete ausführlich, was wenige Stunden vorher im Wald geschehen war. Silvana schaute ihn immer wieder an.

„Einiges habe ich mitbekommen, weil ich den Funk abgehört habe."

„Wussten Sie deshalb, wo Sie mich aufsammeln mussten?"

„So ungefähr. Johannes wollte sich unbedingt mit Ihnen treffen und ich sollte ihm den Rücken freihalten. So haben wir das schon öfter gemacht. Nur dieses Mal ist es schiefgegangen. Wahrscheinlich haben Sie bis zum Mord an ihm Handys benutzt und erst danach Funkgeräte."

Bodenwald starrte geradeaus durch die Windschutzscheibe.

„Und Sie wissen, wer hinter uns her ist?"

Sie lachte auf.

„Was meinen Sie, wer so schnell eine uniformierte Einheit zusammengetrommelt kriegt. Nur als Tipp: Polizisten waren das nicht. Dazu den Hubschrauber und all das. Das sind Strukturen, die bis ganz weit nach oben reichen."

„Der tiefe Staat."

„Sie haben es erfasst. Der tiefe Staat. Und wir haben uns gerade zum Feind Nummer 1 gekürt. Alle werden hinter uns her sein. Bei Ihnen wegen Mord und möglicherweise Sachbeschädigung oder wie immer man den Hubschrauberabschuss auslegen wird. Und ich bin mindestens wegen Beihilfe dran. Nur dass wir nie vor einem Gericht landen werden."

„Sie meinen, die werden uns in jedem Fall umbringen?"

Silvana nickte bestimmt.

„So wie Ihre Freundin Inga und meinen Kollegen Johannes und den armen Syrer, der sich angeblich im Knast aufgehängt hat. Wir sind ab sofort vogelfrei."

„Und was können wir tun, Ihrer Meinung nach?"

„Nicht viel. Öffentlich machen, was geht. Deshalb jagen sie uns ja. Weil sie Angst haben, dass wir das Material, das wir haben, ins Netz stellen."

„Und weiter?"

Sie schaute verständnislos herüber.

„Was weiter?"

„Naja, was passiert danach?"

„Dann gehen die bösen Jungs in den Knast und wir kriegen das Bundesverdienstkreuz an die Brust geheftet und dürfen lebenslang umsonst Bahn fahren. Das meinen Sie doch, oder?"

Bodenwald schüttelte den Kopf.

„Jetzt mal im Ernst. Was passiert, wenn wir es tatsächlich schaffen sollten, das alles ins Netz zu stellen?"

„Es gibt ein bisschen Aufregung in einigen Medien. Aber weitgehend wird man das Thema totschweigen. Und wenn die Fußballer die EM-Quali vergeigen oder Till Schweiger besoffen beim Autofahren erwischt wird, interessiert das keine Sau mehr. Aber wir müssen es trotzdem bringen. Schon wegen Inga und Johannes, verstehen Sie?"

„Schon klar. Aber was wird mit uns?"

„Wir werden den Rest unseres Lebens auf der Flucht sein."

Bodenwald bemerkte die Straßensperre einige Augenblicke eher als Silvana. Im Grunde waren es nur die Lichtreflexe zweier quer auf der Straße stehender Streifenwagen, die ihn misstrauisch werden ließen. Er bohrte den Zeigefinger beinahe durch die Windschutzscheibe.

„Aufpassen! Da vorn ist irgendwas!"

Silvana riss die Augen weit auf und trat auf die Bremse.

„Verdammt! Was machen wir jetzt?"

„Da rein!"

Bodenwald wies auf einen in der Dunkelheit kaum erkennbaren Waldweg, der wenige Meter vor ihnen in die Landstraße mündete. Der Wagen machte einen Satz nach vorn und wäre um Haaresbreite von der Straße geschleudert. Der Weg war augenscheinlich längere Zeit nicht benutzt worden und in außerordentlich schlechtem Zustand. Trotzdem drückte Silvana das Gaspedal durch. So holperten sie einige hundert Meter in den Wald hinein, bis die junge Frau auf die Bremse trat. Bodenwald sah sie an.

„Wir müssen weiter. Sie werden bestimmt bald anfangen, hier alles abzusuchen."

Sie schüttelte den Kopf.

„Wie sollen wir das anstellen? Wenn ich weiterfahre, brauche ich Licht. Und das wiederum verrät uns. Und das Auto zurücklassen können wir auch nicht."

Bodenwald angelte vom Rücksitz den Handscheinwerfer, den er dem Soldaten vor einigen Stunden abgenommen hatte.

„In Ordnung. Ich gehe vor und Sie folgen mir langsam mit dem Auto. Vielleicht haben wir so eine Chance."

Sie nickte.

„Vorher sollten wir uns eventuell noch darauf einigen, uns künftig zu duzen. Schließlich sind wir ab jetzt so was wie Komplizen, nicht wahr?"

Nun nickte Bodenwald und streckte ihr die Hand hin.

„Einverstanden! Ich bin Jan."

Sie lächelte ein wenig verlegen und schlug ein.

„Silvana."

„Nachdem wir das nun geklärt haben, mache ich mich dann mal auf die Socken. Bleib immer direkt hinter mir, aber fahre mir möglichst nicht in die Hacken, verstanden?"

Die nächste halbe Stunde tastete sich Bodenwald über den immer holpriger werdenden Weg. Ab und an knipste er die

Lampe an und versuchte dabei, den Lichtkegel mit der Hand abzuschirmen, so dass er nur nach unten leuchtete. Ein paar Mal glaubte er, in der Ferne Geräusche zu hören, hob dann den Arm und blieb stehen, um zu lauschen. Doch er konnte nichts ausmachen, was ihm verdächtig erschien und setzte er seinen Weg fort. Inzwischen dämmerte es und nach einer gefühlten Ewigkeit gewahrte er durch die Bäume in einiger Entfernung eine Schneise, die ihren Kurs kreuzte. Wieder hob er den Arm und stieg zu Silvana ins Auto.

„Dort vorn ist möglicherweise ein Weg. Du bleibst hier stehen und versuchst mal mit deinem Smartphone herauszufinden, wo wir genau sind und wie wir wieder auf eine feste Straße kommen. Ich schleiche mich mal nach vorn und sondiere die Lage."

Bevor sie antworten konnte, griff er sich von der Rückbank das Sturmgewehr und öffnete die Beifahrertür. Silvana legte ihre Hand auf seinen Unterarm.

„Sei verdammt vorsichtig, hörst du?"

Er zögerte kurz und nickte dann.

„Na klar. Mir passiert schon nichts."

Geduckt pirschte er langsam von Baum zu Baum, bis er schließlich hinter einem Stapel frisch gesägter Holzstämme in Deckung ging. Tatsächlich führte direkt vor ihm ein breiter, gut befestigter Weg schnurgerade durch den Wald. Er spähte angestrengt in beide Richtungen und versuchte, irgendwelche Anzeichen dafür auszumachen, dass nach ihnen gesucht würde. Er sank mit dem Rücken an den Holzstapel und überlegte. Langsam machten sich die Strapazen der letzten Nacht bemerkbar. Seine Beine schmerzten und in seinem Schädel begann es zu hämmern. Doch dieses Wehwehchen musste er ignorieren. Schließlich waren sie noch lange nicht in Sicherheit. Wahrscheinlich würden ihre Verfolger an den Waldrändern auf der Lauer liegen und geduldig darauf warten, dass er mit Silvana auf dem Weg auftauchte.

Sich immer wieder umschauend schlich er sich zurück zum Wagen.

„Wir sind mitten in einem riesigen Wald."

Silvana hielt ihm das Smartphone vor das Gesicht.

„Trotzdem müssen wir davon ausgehen, dass sie uns an den großen Waldwegen erwarten. Ich glaube nicht, dass wir hier so einfach herausspazieren können."

Sie wiegte den Kopf.

„Und? Hast du einen Plan?"

Bodenwald klopfte auf den Schaft seines Sturmgewehres.

„Möglicherweise. Aber wir haben nur einen Versuch."

Eine Stunde später schob sich Bodenwald langsam durch das Unterholz. Etwa vierhundert Meter entfernt stand ein Militärlastwagen zwischen den Bäumen, nur wenige Meter von der Einmündung des Waldweges in die Bundesstraße. Jan Bodenwald hatte die Stelle geschickt ausgewählt, denn er konnte sowohl die Wachen beobachten, die gelangweilt an ihrem Fahrzeug herumstanden, als auch die Strecke einsehen, die Silvana gleich mit dem Auto entlangkommen würde. Überdies reichte der Wald an dieser Stelle bis an die Straße. Ihm war klar, dass sein Plan riskant war, doch es war die einzige Möglichkeit zu entkommen, ohne das Auto zurücklassen zu müssen. Er sah auf die Uhr. Gleich würde der Tanz beginnen. Tatsächlich kam Silvana in hohem Tempo den auf dem Waldweg heran. Die

Männer am Lastwagen, Bodenwald zählte fünf Uniformierte, griffen zu ihren Waffen und machten sich bereit, das herannahende Auto zu stoppen. Er zielte auf die Frontscheibe des Lastwagens und gab einen kurzen Feuerstoß ab. Die Männer am Waldrand warfen sich zu Boden und schauten sich verdutzt um. Wieder feuerte Bodenwald, dieses Mal auf den Motorblock des Lastwagens, knapp über den Köpfen der überraschten Soldaten. Dann unterbrach er für einen Moment den Beschuss, um nicht Silvanas Auto zu treffen, die an den völlig verdutzten Kämpfern vorbeiraste und auf die Landstraße einbog. Dort trat sie das Gas durch, während Bodenwald noch ein paar Schüsse abgab, sich dann aufrappelte und losrannte. Dreißig Sekunden später hechtete er auf den Rücksitz und spähte durch die Heckscheibe. Bisher konnte er keine Verfolger ausmachen. Offenbar hatte er den Lastwagen doch so schwer beschädigt, dass damit niemand mehr fahren konnte. Silvana schaute sich kurz um, während sie weiter beschleunigte.

„Bei dir alles okay?"

„Kein Problem, ich bin ja noch gut in Form."

Sie schmunzelte.

„Ich hätte nicht gedacht, dass das funktioniert. Hast du jemanden getroffen?"

„Ich denke nicht. Habe immer nur auf den LKW gezielt und mich bemüht, die Kerle am Boden zu halten. Manchmal sind die einfachsten Pläne die effektivsten. Wie weit ist es noch bis zur Autobahn?"

„Ich denke mal, in fünf Minuten sind wir da, wenn es keine bösen Überraschungen gibt."

14.

Silvana steuerte den Wagen hinter das Haus und parkte so, dass er von der Straße aus nicht zu sehen war. Dann stieg sie aus und, ging in einen Schuppen, der schon bessere Tage gesehen hatte und angelte etwas von einem der Deckenbalken. Triumphierend hielt sie einen Schlüssel in die Höhe. Bodenwald, der sich langsam aus dem Auto rekelte, streckte die Arme zur Seite.

„Und wem, sagtest du, gehört dieses Häuschen?"

„Einem guten Freund. Wir haben uns manchmal hier getroffen, damit seine Frau nichts davon mitkriegt. Hat aber nichts genützt. Jetzt ist er geschieden und für ein halbes Jahr im Ausland. Ich sehe hier ab und zu mal nach, ob alles in Ordnung ist. Er hat bestimmt nichts dagegen, wenn wir hier ein paar Tage bleiben."

Jan Bodenwald angelte das Sturmgewehr vom Rücksitz und prüfte noch einmal, ob es gesichert war.

„Das ist also das geheime Liebesnest von dir und deinem Freund. Interessant."

Sie lächelte ein wenig verlegen und schloss die Tür auf.

Das Erdgeschoß bestand nur aus einem Wohnzimmer, einem kleinen Schlafraum und einer winzigen Küche und strahlte vielleicht gerade aus diesem Grund eine gewisse Behaglichkeit aus. Bodenwald zog die Jacke aus und ließ sich in einen der großen Clubsessel fallen, die dem Augenschein nach aus den zwanziger oder dreißiger Jahren des vorigen Jahrhunderts stammten und vermutlich einmal in irgendeiner Fabrikantenvilla gestanden hatten. Er legte den Kopf in den Nacken und sah an die mit Holz verkleidete Decke. Dass Silvana mit einer Flasche Wasser und einem Glas in der Hand den Raum betrat, bekam er schon nicht mehr mit. Die Strapazen der vergangenen Stunden forderten ihren Tribut und sein Körper holte sich nun mit Gewalt den Schlaf, den er in der letzten Nacht nicht bekommen hatte.

Bodenwald wachte auf und machte sich auf die Suche nach der Toilette. Dabei kam er am Schlafzimmer vorbei und bemerkte Silvana, die sich in dem großen Doppelbett, das beinahe den gesamten Raum einnahm, zusammengerollt hatte. Draußen dämmerte es bereits, sie hatten also den ganzen Tag verschlafen. Das Badezimmer nahm die gesamte Fläche des Obergeschosses ein und hatte neben einer ebenerdigen Dusche auch eine riesengroße Badewanne für zwei Personen. Bodenwald drehte die Hähne auf und bemerkte, dass sie sogar warmes Wasser hatten. Kurzentschlossen ließ er die Wanne volllaufen, zog sich aus und setzte sich hinein. Genießerisch schloss er die Augen und spürte, wie die Lebensgeister zurückkehrten und sein Körper die Erinnerungen an die Nacht im Wald verdrängte.

„Offenbar lässt du es dir ja schon gut gehen."

Mit süffisantem Lächeln stand Silvana in der Tür, zwei Badetücher in der Hand. Bodenwald drehte den Kopf in ihre Richtung und bemerkte, dass sie nur BH und Slip trug.

„Entschuldige. Aberes ist so eine Wohltat nach der Kälte und den Strapazen der letzten Nacht. Und das Bad hier ist toll."

Sie nickte, während sie den BH-Verschluss öffnete.

„Volker ist ein absoluter Genießer und hat das hier extra für uns einbauen lassen."

Sie streifte den Slip herunter und stieg zu ihm in die Wanne. Bodenwalds Blick strich für einen kurzen Moment über ihren schlanken Körper.

„Seine Frau war nie hier?"

„Soweit ich weiß, hat sie das nicht interessiert. Sie ist so eine Art Workhoholic, Vertriebsleiterin in irgendeinem Großkonzern. Außerdem hatte sie wohl immer ihre eigenen Affären."

Bodenwald rückte ein wenig beiseite und achtete darauf, dass das Wasser nicht über den Rand schwappte.

„Und dieser Volker? Was macht der beruflich?"

„Der ist Professor für Völkerrecht und lehrt eigentlich an der Humboldt-Uni. Momentan ist er aber in Chicago. Deshalb können wir uns hier auch für einige Zeit verstecken."

„Und Ihr seid ein Paar, dein Professor und du?"

„Nicht mehr. Wie ich schon sagte, er ist geschieden und hat inzwischen eine neue Lebensgefährtin. Mit uns das war... war halt kompliziert. Aber wir sind immer noch gute Freunde."

Sie holte tief Luft und tauchte mit dem Kopf für einen Moment unter.

„Und wie geht es jetzt weiter?" fragte sie, nachdem sie sich das Wasser aus den Augen gewischt hatte.

„Mit uns oder ganz allgemein?" Bodenwald spielte den Irritierten.

Sie lachte.

„Ganz allgemein mit uns. Offenbar sind wir ab sofort so eine Art Schicksalsgemeinschaft. Wir brauchen einen Plan. Und zwar einen guten. Und wir brauchen Bargeld. Wenn die solche Ressourcen haben, dich mit einem Hubschrauber und ungeheurem personellen Aufwand zu jagen, dann ist es für die ein Kinderspiel, unseren elektronischen Spuren zu folgen. Mit Sicherheit haben sie mich inzwischen auch schon identifiziert und beobachten meine Wohnung, meine Konten und was weiß ich nicht alles. Wir haben zwar jetzt aktuell ein klein wenig Zeit gewonnen, aber irgendwann finden sie uns auch hier."

„Wo genau sind wir eigentlich? Ich war heute früh viel zu fertig, um das mitzubekommen."

„Zwischen Rheinsberg und Neustrelitz, irgendwo mitten im Nichts. Hier wohnen kaum Menschen, dafür gibt es einen Menge Ferienhäuser und ganz viel wunderschöne Landschaft."

„Wie heißt die nächste größere Stadt?"

„Das ist in der Tat Neustrelitz, wenn man das als größere Stadt bezeichnen kann."

„Also lass uns morgen eine Tour rund um Berlin machen, Geld abheben und irgendwo einen Laptop und Handys besorgen. Wir brauchen unbedingt Kontakt zu Ingas Bruder, damit wir endlich erfahren, was auf dieser ominösen Speicherkarte so wichtiges ist, dass sie so einen Aufwand betreiben, um uns zu kriegen. Ist noch irgendetwas zu essen im Haus? Ich komme um vor Hunger?"

„Wenn du keine anderen Wünsche hast?"

Ihr rechter Fuß tauchte aus dem Wasser und glitt langsam an seiner Wange herab.

Eine Stunde später standen sie vor einem Schrank voller Konserven. Silvana zuckte mit den Schultern.

„Volker ist so ein Vorsorgefreak. Er hat hier immer Vorräte für mindestens zwei Wochen gehortet. Weil er sich meistens spontan irgendwann abends ins Auto setzt und hierher fährt. Dann hat er keine Zeit mehr zum Einkaufen. Also such dir was aus. Wir kaufen dann morgen neu ein. Viel länger als ein paar Tage können wir eh nicht bleiben."

Bodenwald zeigte nach kurzem Überlegen auf eine Dose Ravioli. Eine Entscheidung, die er schon wenige Minuten später bereute. Angewidert legte er den Löffel beiseite.

„Eigentlich richtig ungenießbar, dieser Industriefraß, findest du nicht auch?"

Sie lachte.

„Der Herr Ingenieur geht wohl nur im Sternerestaurant essen?"

„Das bestimmt nicht. Aber sowas habe ich seit dem Studium nicht mehr zu mir genommen. Und meistens haben wir zu Hause gegessen. Inga war eine hervorrangende Köchin."

Er stockte für einen Augenblick, als die Erinnerung in ihm empor wallte.

Silvana richtete sich ebenfalls auf und tupfte sich mit dem kleinen Finger einen Soßenfleck vom Mundwinkel.

„Ja, sie war überhaupt ein toller Mensch."

Bodenwald blickte sie überrascht an.

„Du hast sie gut gekannt?"

„Ich habe einige Male getroffen. Zuletzt als sie mir von ihrer Entdeckung berichtet hat. Dem Stick."

„Ich habe bis heute keine Ahnung, wie sie dazu gekommen ist, noch was da drauf sein soll."

„Genaueres weiß ich auch nicht. Aber sie hat wohl bei irgendeinem Bundestagsabgeordneten in seinem Wahlkreisbüro eine Software installieren sollen. Das durfte sie, weil sie als Geheimnisträger galt und so Zugang zu abgeschirmten Computersystemen hatte. Während ihrer Arbeit hat also dieser Typ im gleichen Raum ein merkwürdiges Telefonat geführt, dass sie misstrauisch gemacht hat. Inga hat dann mal ein wenig in seinem Rechner herumgeschnüffelt und ist dabei auf den bewussten Ordner gestoßen. Danach hat sie sich wohl an Edward Snowden erinnert und sich einiges heruntergeladen."

Bodenwald nickte.

„Und das muss irgendwer gemerkt haben. Alles andere ist dann polizeiliche Recherche. Und sie kamen darauf, dass es Inga gewesen sein musste. Dafür wurde sie dann getötet."

15.

Sichtlich erschöpft stiegen Silvana Renk und Jan Bodenwald am Abend des nächsten Tages aus dem Auto und schleppten ihre Einkäufe ins Haus. Sie waren den ganzen Tag im südlichen Berlin unterwegs gewesen. Mit ihren EC-Karten hatten sie soviel Bargeld wie möglich ausunterschiedlichen Geldautomaten gezogen und in verschiedenen Elektronikmärkten zwei neue, aber preiswerte Notebooks erworben. Dazu kamen Lebensmittel und Kleidung für einige Wochen, die sie in mehreren Einkaufszentren erwarben. Bodenwald kam dann auf die Idee, eine falsche Spur zu legen. So fuhren sie auf der Autobahn etliche Kilometer in Richtung Süden, um dort kurz vor Dresden an einer Tankstelle mit seiner Kreditkarte zu bezahlen und dann an der nächsten Ausfahrt umzukehren. Deshalb dämmerte es mittlerweile, als sie geschafft in die pompösen Sessel sanken. Die Ruhe währte aber nur einen kurzen Moment. Bodenwald griff nach dem Karton mit einem der beiden neuen Notebooks. Eine halbe Stunde später hatte er es eingerichtet und loggte sich auf der Webseite des Spieles ein, dessen Adresse er von Ingas Bruder bekommen hatte. Es dauerte einige Zeit, bis er die Chatfunktion gefunden hatte. Dort wartete bereits eine Nachricht.

Isidor157 „brauche dringend Kontakt zu Balin941, Vukan wurde verhaftet"

Silvana blickte ihm über die Schulter.

„Wer ist jetzt wer?"

Bodenwald hob die Hände.

„Ich weiß nur, dass hinter Vukan Ingas Bruder steckt. Keine Ahnung, wer Isidor 157 ist. Aber das werde ich gleich herausfinden."

Er begann zu tippen.

Balin941 „wer bist du, Isidor157?"

Die Antwort kam prompt.

Isidor157 „ein Freund von Vukan, er hat mich in euer Geheimnis eingeweiht"

Balin941 „woher weiß ich, dass ich dir vertrauen kann?"

Isidor157 „wir haben den Code auf der SD-Karte geknackt; ich soll dir den Inhalt senden"

Balin941 „wie soll das laufen?"

Isidor157 „Vukan hat dir eine Mailadresse eingerichtet und die Daten dorthin geschickt, bevor man ihn abgeholt hat"

Balin941 „dann gib mir die Adresse, dann weiß ich, ob ich dir vertrauen kann"

Isidor157 „ich weiß aber nicht, ob du der bist, für den du dich ausgibst"

Bodenwald rollte mit den Augen und tippte weiter.

Balin941 „wie soll ich dir das jetzt beweisen?"

Isidor157 „bei deinem letzten Besuch in der Wohnung von Vukans Schwester: Wo lag ihr IPad?"

Balin941 „es gab da keines"

Isidor157 „in Ordnung, richtige Antwort. Die Mailadresse ist venga@quip.ru. Das Passwort ist die Zusammensetzung aus ihrem Lieblingsessen und deinem Autokennzeichen; wir reden weiter, wenn du das Material gesichtet hast. Du musst darauf achten, dass du komplett offline bist, wenn du die Datei öffnest. Es darf nicht einmal ein W-Lan-Gerät in der Nähe sein, kein Smartphone, am besten nichts elektronisches"

Isidor157 hat den Chat verlassen

Bodenwald starrte auf den Bildschirm und hob dann den Kopf.

„Ist das zu glauben? Sie haben Andreas verhaftet. Wenn sie herausbekommen, dass er den Code geknackt hat, bringen sie ihn um. Genau wie diesen Syrier in Bützow. Verdammt!"

Silvana schnappte sich das Notebook von Bodenwalds Schoß und begann zu tippen.

„Zunächst einmal brauchen wir diese Daten. Sonst war alles umsonst. Also los, was war Ingas Lieblingsgericht?"

„Carpaccio. Sie war verrückt danach."

„Nicht schlecht. Und dein Autokennzeichen?"

Er überlegte einen Augenblick als müsse er sich an etwas sehr weit Zurückliegendes erinnern.

Silvana tippte und lehnte sich dann zurück.

„Na also, wir sind drin! Und wir haben tatsächlich eine Mail mit einem riesigen Anhang."

„Dann lad alles runter."

Sie nickte.

„Ich bin schon dabei. Wird aber einen Moment dauern. Es ist wirklich eine enorme Datenmenge und wir haben nicht die allerschnellste Internetverbindung. Schließlich sind wir hier in der Uckermark."

Bodenwald erhob sich aus dem Sessel.

„Wir werden noch heute Nacht verschwinden. Ich packe schon mal die Sachen zusammen."

Sie blickte auf.

„Du meinst, sie könnten uns hier aufspüren?"

„Wenn sie irgendeine Sicherung eingebaut haben, um festzustellen, wohin sich dieser Berg Daten bewegt, finden sie uns. Schließlich sind sie auch Andreas irgendwie auf die Spur gekommen. Und der kennt sich mit diesem Datenkram wesentlich besser aus als wir. Also schalt den Laptop ab, sobald der Download fertig ist."

Eine halbe Stunde später saßen beide im Auto und steuerten durch die Nacht. Bodenwald hatte den Weg nach Norden gewählt. Auf einem verwaisten Parkplatz in einem Waldstück hielt er an.

„Jetzt bin ich aber gespannt, weswegen wir diesen ganzen Ärger haben."

Silvana angelte das Notebook von der Rückbank und öffnete die Tür.

„Dann mal los!"

Sie setzten sich nebeneinander auf eine Bank und stellten den Computer vor sich auf den Tisch. Nach einer gefühlten Ewigkeit war er endlich hochgefahren und zeigte eine Liste von Dateien an. Silvana schaute Bodenwald an.

„Mein Gott, ist das eine Menge. Wo fangen wir an?"

Er wies mit dem Finger auf einen Ordner.

„Den hier. Mach den mal auf!"

STRENG GEHEIM!

1. Zur aktuellen Lage

Die Autoren schätzen ein, dass sich die Stimmung in Europa im Allgemeinen und in der deutschen Bevölkerung im Speziellen zunehmend gegen die bestehende demokratisch-

parlamentarische Grundordnung richtet. Hierfür gibt es mehrere Ursachen:

-Weite Teile der Bevölkerung sehen sich von der konjunkturellen wirtschaftlichen Entwicklung abgekoppelt; die Einkommen weiter Teile der Arbeitnehmerschaft halten nicht mehr Schritt mit der Steigerung der Gewinne der deutschen Unternehmen.

-Die in den letzten zehn Jahren forcierte Ausweitung des Niedriglohnsektors und die gleichzeitige Absenkung des Rentenniveaus führt zu massiven Zukunftsängsten unter der Arbeitnehmerschaft und damit zu einer spürbaren Zunahme der Unzufriedenheit mit den bestehenden Verhältnissen.

- Die Flüchtlingspolitik der Bundesregierung wird trotz erheblicher medialer Unterstützung von immer mehr Menschen in Deutschland kritisch begleitet. Zudem macht sich in vielen Bereichen der Gesellschaft das Gefühl breit, von der Politik betrogen worden zu sein, da mit einem Mal trotz aller gegenteiligen Beteuerungen erhebliche finanzielle Mittel für die Aufnahme und Integration von hunderttausenden Migranten bereitgestellt werden.

- Dem deutschen Staat und seinen tragenden Elementen entgleitet zunehmend die Kontrolle über die öffentliche Meinung. Die Glaubwürdigkeit der Printmedien, des Rundfunks und insbesondere der TV-Sender erlebt einen in diesem Ausmaß bisher nicht gekannten Absturz. Gleichzeitig verzeichnen die sogenannten alternativen Medien im Internet einen Zustrom von neuen Konsumenten. Alle bisherigen Initiativen, um die Meinungshoheit zurückzuerlangen und den Einfluss nicht

steuerbarer Informationsquellen zu reduzieren (vor allem das Netzwerkdurchsetzungsgesetz, die Reform des Urheberrechts u.ä.) zeigen bisher, wenn überhaupt, nur punktuelle Wirkung.

2. Mögliche Gefahren

Die wachsende Unzufriedenheit in großen Teilen der deutschen Bevölkerung birgt ein erhöhtes Risiko sozialer Unruhen. Die aktuelle Lage in Frankreich und das Unvermögen des Staates, die Bewegung der sogenannten „Gelbwesten" angemessen unter Kontrolle zu bekommen, zeigen ein mögliches Szenario, wie es auch in Deutschland vorstellbar wäre. Wenngleich die französische Mentalität und „Protestkultur" sich wesentlich von der deutschen unterscheidet, ist das Risiko einer Übernahme von Ideen und Methoden dieser sozialen Bewegung nicht von der Hand zu weisen. Eine Eskalation entsprechender Proteste stellt nach Ansicht der Verfasser auf mittlere Sicht eine existenzielle Gefahr für die bestehende parlamentarische Grundordnung dar.

3. Konsequenzen

Die Sicherung des Status quo in Deutschland unter den beschriebenen Voraussetzungen macht ein komplexes Bündel von Maßnahmen erforderlich. Vor allem unter der Prämisse, dass es bei einzelnen Vertretern staatlicher Organe zu Abstrichen bei der Loyalität gegenüber den Weisungsbefugten kommen kann. Auf Vorgehensweisen hinsichtlich der Stabilisierung des politischen Status quo und der Aufrechterhaltung der Meinungshoheit in den Massenmedien sei hier nur am Rande eingegangen.

Auftragsgemäß befassten sich die Autoren mit der Durchsetzung der staatlichen Gewalt im Falle von sozialen Unruhen.

Politische und mediale Handlungsempfehlungen

1. Zurückdrängung des Einflusses selbst ernannter alternativer Medien durch ein Zusammenspiel von gesetzgeberischen Initiativen unter dem Vorwand der Durchsetzung von mehr „Hygiene" im Internet, d.h. Verbot von sogenannten „Hasskommentaren". Die bisher angewandten Mittel haben sich nach Ansicht der Verfasser als nicht ausreichend wirksam erwiesen und sind aus diesem Grunde zu verschärfen.

2. Vermehrte Stigmatisierung nicht öffentlich kontrollierter Berichterstattung als von Russland beeinflusste Propaganda und Verbreitung von Verschwörungstheorien. Dies sollte zu einer Abnahme der Glaubwürdigkeit führender Vertreter alternativer Medien führen. Verschärfend muss der Einsatz robusterer Verfahren gegen die Veröffentlichung solcher „Fake-News" in Erwägung gezogen werden.

3. Stärkung des Einflusses auf Parteien und Gruppierungen der parlamentarischen und außerparlamentarischen Opposition durch verstärkte Einschleusung von geeigneten, politisch zuverlässigen Personengruppen und deren gezielte Führung durch die entsprechenden Dienste.

4. Medial forcierte Diversifizierung der deutschen Bevölkerung. Bewährt hat sich nach Ansicht der Verfasser vor allem eine sich ständig vertiefende Unterteilung in „Linke" und „Rechte", was vermehrt zu Konflikten im Internet, den Medien aber auch zunehmend auf der Straße führt. Hier kommt den

Medien eine besondere Rolle zu, die in einem gesonderten Papier dargestellt werden sollte.

Durchsetzung der staatlichen Ordnung im Falle bewaffneter und unbewaffneter Unruhen

Wichtigster Punkt ist nach Ansicht der Verfasser eine Änderung des Grundgesetzes hinsichtlich der Möglichkeit, die Bundeswehr mit allen Ressourcen auch im Falle innerer Unruhen zur Wiederherstellung von Recht und Ordnung einsetzen zu können. Gleichwohl ist es nicht auszuschließen, dass es bei einzelnen Soldaten wie auch ganzen Einheiten zu Loyalitätskonflikten kommen kann, die einer Wiederherstellung der verfassungsmäßigen Ordnung mit militärischen Mitteln im Wege stehen würden. Gleiches gilt analog für Teile der Polizei der Länder und des Bundes.

Dies macht die Aufstellung von polizeilichen und militärischen Strukturen unerlässlich, die im Krisenfall in der Lage sind, die entstehenden Situationen zuverlässig und wenn notwendig auch mit robusten Mitteln zu klären. Die Verfasser empfehlen daher dringend die Anwerbung nichtdeutscher Kandidaten für die personelle Ausstattung dieser Verbände. Vorrangig sollte eine Rekrutierung im arabischen Raum stattfinden. Dies bietet eine Reihe von Vorteilen:

-Die Einreise der Angeworbenen im Rahmen der Aufnahme von Flüchtlingen garantiert ein bestimmtes Maß an Geheimhaltung.

-Kampferprobte Männer aus dem arabischen Raum verfügen in der Regel über gewisse militärische Grundkenntnisse und eine *herabgesetzte Hemmschwelle hinsichtlich der Anwendung massiverer Maßnahmen gegenüber Unruhestiftern.*

-Die Kosten für Besoldung, Verpflegung und Unterbringung sind angesichts wesentlich niedrigerer sozialer Ansprüche um ein Vielfaches unter denen deutscher Soldaten bzw. Polizisten.

Die Unterbringung und Ausbildung dieser speziellen Einheiten sollte aus Gründen der absoluten Geheimhaltung isoliert und abseits der üblichen militärischen und polizeilichen Infrastruktur erfolgen. Die Verfasser empfehlen auf Grund der besonderen Gegebenheiten das Bundeswehrobjekt „Schnöggersburg" in Sachsen-Anhalt, das neben der abgeschirmten Unterbringung auch eine Ausbildung in der praxisnah angelegten Basis unter Prämisse der absoluten Geheimhaltung ermöglicht.

Die Verfasser weisen abschließend darauf hin, dass mit der Umsetzung dieses Programmes ausschließlich Personen betraut werden dürfen, deren absolute Loyalität und Verschwiegenheit mehrfach unter Beweis gestellt wurde. Eine Öffentlichmachung dieser Pläne, möglicherweise auch nur in Teilen, birgt die Gefahr einer weiteren Vertiefung der Vertrauenskrise in die staatlichen Organe und in der Konsequenz schwerer gesellschaftlicher Verwerfungen, die zu einer Gefahr für die bestehende parlamentarisch-demokratische Grundordnung werden könnten.

„Ach du Scheiße!"

Silvana lehnte sich zurück und fuhr sich mit den Händen durch die dunkelblonden Haare.

„Das ist ja noch schlimmer, als ich befürchtet habe. Die wollen so eine Art Fremdenlegion aufstellen, die im Inland agiert."

Bodenwald schaute sie an.

„Diese Einheit existiert schon. Die Männer, die auf der Suche nach mir den Wald durchkämmt haben, waren keine Deutschen. Der Typ, den ich außer Gefecht gesetzt habe, sah zumindest aus wie ein Araber."

„Es gibt aber in der Bundeswehr inzwischen eine Menge Leute mit Migrationshintergrund. Vielleicht bist du an so einen geraten."

„Selbst wenn, warum sucht die Bundeswehr nach mir? Das ist Aufgabe der Polizei."

Er zeigte auf das Notebook.

„Alles, was da drin steht, ist schon Realität! Nur dass das noch keiner mitbekommen hat. Die haben diese Strukturen längst in aller Heimlichkeit aufgebaut und sind damit aktiv."

Silvana stand auf und begann, um den Tisch zu wandern.

„Weißt du, was das bedeutet? Wenn die führenden Köpfe aus Militär, Geheimdiensten und Polizei an einem Strang ziehen und über solche Mittel verfügen? Eine geheime Spezialeinheit, die solche blutigen Jobs erledigt, ohne dass jemand dafür belangt wird?"

Bodenwald klappte das Notebook zu.

„Wir müssen alles in Ruhe auswerten und dann sehen, wie wir weiter verfahren. Das können wir aber nicht hier in Deutschland. Hier werden sie uns früher oder später kriegen."

„Wo sollen wir dann hin. Nach Russland?"

Er schüttelte den Kopf.

„Zu kompliziert. Und außerdem hätten wir dann vielleicht deren Geheimdienst am Hals. Die Russen werden das dann für ihre eigenen Zwecke ausschlachten wollen. Und damit wäre die Glaubwürdigkeit nicht mehr gegeben. Lass uns nach Schweden fahren und ein kleines Ferienhaus irgendwo im Wald mieten. Das verschafft uns ein wenig Zeit."

„Wenn wir wirklich untertauchen wollen, brauchen wir andere Papiere und müssen unser Aussehen verändern."

Er lachte.

„Du denkst schon wie eine Kriminelle."

„Das ist nicht lustig. Wenn wir mit unseren normalen Ausweisen rumlaufen, werden sie uns irgendwann auch in Schweden aufspüren. Und außerdem brauchen wir Bargeld, um einige Zeit überleben zu können."

„Wir müssen nochmal mit Isidor Kontakt aufnehmen. Vielleicht kann er uns weiterhelfen."

Sie wiegte den Kopf.

„Traust du ihm?"

„Immerhin hat er uns das hier geschickt."

Bodenwald wies auf das Notebook.

Silvana marschierte in Richtung Auto.

„Dann los. Wir brauchen einen Ort mit W-Lan."

Zwei Stunden später stoppten sie an einem Mc-Donalds-Restaurant am Stadtrand von Wittstock. Neben ihnen auf dem Parkplatz standen nur wenige Autos von Leuten, die hier kurz die nahe Autobahn verlassen hatten, um zu frühstücken. Silvana klappte das Notebook auf und prüfte die Internetverbindung. Sie hob den Daumen.

„Donnerwetter! Das W-Lan reicht locker bis hier draußen. Dann wollen wir mal hoffen, dass unser Freund schon wach ist."

Silvana lockte sich bei dem Onlinespiel ein und aktivierte die Chatfunktion.

Sie hatten Glück.

Isidor157 „Ich wusste, dass du dich bald wieder melden würdest. Die Daten sind der Hammer."

Balin941 „Auf jeden Fall. Das ist Dynamit. Wir müssen aus Deutschland verschwinden. Kannst du uns helfen?"

Isidor157 „Du bist nicht allein?"

Balin941 „Meine Begleitung hat mir das Leben gerettet und ist nun auch in Gefahr."

Isidor157 „Wohin wollt ihr verschwinden?"

Balin941 „Schweden. Keine Grenzkontrollen, keine Einreiseformalitäten, ein großes Land."

Isidor157 „Kluge Entscheidung. Was braucht ihr?"

Balin941 „Frische Papiere, Kreditkarten und Zugang zu Bargeld. Und ein Ferienhaus irgendwo weit weg im Wald."

Isidor157 „Eine ganze Menge Wünsche. Meldet euch, wenn ihr in Schweden seid. Ich will sehen, was ich tun kann."

Balin941 „Danke!"

Isidor157 „Ich tue es für meinen Freund, den sie jetzt eingelocht haben. Er würde das selbe für mich machen. Gute Reise!"

Isidor157 hat den Chat verlassen.

Silvana wies auf das Restaurant.
„Wollen wir uns am Drive in noch schell ein Frühstück besorgen?"

Bodenwald schüttelte den Kopf.
„Hier sind überall Kameras. Außerdem wissen wir nicht, ob das W-Lan hier irgendwie überwacht wird. Wir fahren weiter."
Er startete den Motor und steuerte in Richtung Autobahn.

16.

Für das Ferienhaus in den Wäldern Mittelschwedens hatten sie sich erst nach einem längeren Kartenstudium entschieden. Es lag an einem See inmitten eines ausgedehnten Waldgebietes, das von einem Netz von Wegen durchzogen war. Am gegenüberliegenden Ufer des langgezogenen Sees versteckten sich unter den hohen Bäumen weitere Häuschen, jedoch hatten sie bisher keinen Menschen zu Gesicht bekommen. Jan Bodenwald und Silvana Renk hatten sich auf der Fahrt hierher in einem Supermarkt mit Lebensmitteln und allen anderen notwendigen Dingen eingedeckt, die reichen Würden, um die nächsten vierzehn Tage zu überstehen, ohne das Haus verlassen zu müssen. Das Auto hatten sie unter einem Baum neben dem kleinen roten Häuschen geparkt und mit einer Plane abgedeckt, die ursprünglich dazu diente, das am Steg liegende Ruderboot vor den Unbilden des Winters zu schützen. Das Ferienhaus selbst war einfach aber behaglich eingerichtet. Es gab Strom, das Wasser förderte eine Pumpe aus einem am Waldrand befindlichen Brunnen und ein kleiner Kanonenofen sorgte für wohlige Wärme. Doch das war für die beiden nicht das Ausschlaggebende.

Jan Bodenwald war am Ankunftstag mehrere Stunden in immer größeren Kreisen am See entlang und durch den Wald gelaufen. Erleichtert stellte er fest, dass es hier in der Gegend nicht den Hauch eines Mobilfunknetzes und auch kein aktives W-Lan gab. So machten sie sich an die Arbeit, um den Wust von Dokumenten zu sichten, die sie per Mail von Isidor bekommen hatten. Alles was ihnen bedeutsam erschien, druckten sie aus und hefteten es mit Klebestreifen und Reißzwecken an die Innenwände des Wohnzimmers. Allein das dauerte drei Tage, nur

117

unterbrochen von den Mahlzeiten, die Silvana auf einem winzigen Elektroherd zauberte und ein paar Stunden Schlaf, die sie sich in den Nächten gönnten. Nach einer Woche war es ihnen gelungen, Namenslisten zu erstellen und mit bunten Klebezetteln eine Art Organigramm anzufertigen, das die Verantwortlichkeiten in den verschiedenen Führungsebenen abbildete.

„Wo wollen wir jetzt ansetzen?"

Silvana holte eine Digitalkamera aus ihrem Rucksack und begann, die Übersicht samt der vielen Linien und Pfeile, die sie in den letzten Tagen an die Wände geklebt hatten, abzufotografieren.

Bodenwald starrte auf die Zettel und rieb sich nachdenklich das Kinn.

„Wir brauchen eine Art Aussteiger. Irgendjemand, der in den jüngeren Dokumenten nicht mehr auftaucht, verstehst du? Es muss doch jemanden geben, dem die Sache hier zu heiß geworden ist."

Sie schüttelte den Kopf, während sie weiter unentwegt Fotos schoß.

„Die werden alle so unter Druck gesetzt haben, dass sich keiner traut abzuspringen."

Bodenwald tippte auf einen der unzähligen Zettel.

„Sieh mal hier. Der Name taucht hier und dann dort auf und dann nicht mehr. Quasi seit zwei Jahren Funkstille. Der ist nicht mehr dabei."

„Warte mal!"

Silvana legte ihre Kamera beiseite und begann, auf dem Tisch in einem Papierstapel zu wühlen. Irgendetwas habe ich dazu gelesen."

Sie blätterte immer schneller bis sie schließlich triumphierend einen Zettel in die Höhe reckte.

„Tatsächlich! Er wurde abgelöst. Warum steht hier nicht, aber offenbar ist er nicht mehr dabei."

Bodenwald hob den Zeigefinger.

„Dann fangen wir mit ihm an. Wir brauchen alle Informationen, die wir kriegen können. Lass uns losfahren und mit Isidor Kontakt aufnehmen!"

Sie klappte die Notebooks zu und packte sie ein, während er den Autoschlüssel suchte.

Die Fahrt nach Karlstad am Nordufer des Värnern, des größten Sees Schwedens, dauerte beinahe anderthalb Stunden. Bodenwald steuerte auf den Parkplatz eines gewaltigen IKEA-Kaufhauses und schaltete den Motor aus.

„Hast du Appetit auf Kötbullar oder was machen wir hier?"

Silvana schaute ihn an und grinste. Bodenwald zuckte mit den Schultern.

„Warum nicht? Und außerdem haben die da drin W-Lan."

Tatsächlich fanden sie in dem riesigen Restaurant einen ruhigen Ecktisch. Silvana klappte ihr Notebook auf und loggte sich in das Onlinespiel ein. Es dauerte nur wenige Minuten, bis sich ihr Gesprächspartner meldete.

Isidor157: „Ich habe den Verdacht, dass man mir auf der Spur ist. Es gab einige merkwürdige Angriffe auf mein System. Bisher konnte ich alles abblocken, habe aber keine Ahnung, wie lange das noch gut geht. "

Balin941: „Ist unsere Kommunikation noch sicher? "

Isidor157: „Davon gehe ich noch aus. Weiß aber nicht, wie lange. Zur Sicherheit habe ich Anweisung für ein neues Verfahren an die bekannte Mailadresse geschickt. Außerdem wäre es besser, wenn ihr euch eine neue Unterkunft sucht. Sie haben die volle Kapazität der Geheimdienste im Rücken. "

Balin941: „Das wissen wir, Haben das gesamte Material gesichtet und analysiert. Es ist alles noch viel schlimmer als befürchtet. Was ist mit unseren Papieren? "

Isidor157: „Sind fertig. Abholadresse ebenfalls per Mail. "

Balin941: „Wir brauchen Informationen über eine bestimmte Person. "

Isidor157: „Schickt mir den Namen per Mail. Ich werde sehen, was ich tun kann. "

Das Chatfenster wurde schwarz. Silvana blickte Bodenwald in die Augen.

„Glaubst du, sie sind uns schon auf der Spur?"

Er zuckte mit den Schultern.

„Eigentlich waren wir sehr vorsichtig. Kein W-Lan, kein Handynetz, das Haus unter falschem Namen angemietet. Aber man weiß ja nie. Wir fahren nachher zurück, packen zusammen und suchen uns eine neue Bleibe. Und nun lade die E-Mails runter und schick ihm den Namen, damit wir verschwinden können."

Zwei Stunden später bogen sie wieder in den Waldweg ein, der zu ihrem Ferienhaus führte. Silvana entdeckte die Rauchwolke als erste.

„Halt an!" rief sie und sprang aus dem Wagen, bevor Bodenwald erfassen konnte, was los war.

Sie rannte ein paar Schritte den Weg entlang und drehte sich dann, wild mit den Armen rudernd, zu ihm um. Erst jetzt bemerkte auch er die dicken Rauchschwaden über den Baumwipfeln. Hektisch bedeutete Bodenwald Silvana, wieder in den Wagen zu steigen. Schwer atmend ließ sie sich auf den Beifahrersitz fallen, während er versuchte, das Auto auf dem schmalen Waldweg zu wenden. Silvana schaute ihn an. Ihr Gesicht war blass wie eine Wand.

„Scheiße, das ist unsere Hütte, die da brennt! Wir müssen sofort weg."

Er nickte und hatte es fast geschafft, den Wagen wieder auf den Weg zu bugsieren, als ein Geländewagen auftauchte. Zwei Männer in schwarzen, uniformähnlichen Anzügen, sprangen mit gezogenen Pistolen heraus und rannten auf sie zu.

„Zurück!" schrie Silvana.

Er rammte den Rückwärtsgang in das Getriebe und wollte Gas geben, doch im nächsten Augenblick durchschlug eine Kugel die Windschutzscheibe, flog zwischen ihnen hindurch und trat durch die Heckscheibe wieder aus.

„Scheiße! Sie haben uns!"

Bodenwald nahm die Hände vom Lenkrad. Einer der beiden Männer riss die Fahrertür auf, packte ihn an der Schulter und zog ihn aus dem Auto. Sein Kumpan machte das gleiche auf der anderen Seite mit Silvana.

„Da haben wir euch Vögelchen ja doch noch erwischt! Ich hätte nicht gedacht, dass Ihr so blöd seid, noch einmal zurückzukommen."

Bodenwald wurde am Kragen gepackt.

„Los, aufstehen. Hände aufs Dach! Ihr habt Glück, dass man Euch lebend sehen will."

Der größere der beiden Typen drückte ihn gegen das Auto und tastete ihn ab. Bodenwald schaute Silvana an, die ihm gegenüber auf der anderen Seite des Wagens stand und offensichtlich die gleiche Prozedur über sich ergehen lassen musste.

„Hol deinen Laptop aus dem Auto!"

Bodenwald schwieg trotzig.

Der Mann hinter ihm stieß ihm den Lauf seiner Pistole in den Rücken.

„Los, mach schon! Sonst knallen wir deine kleine Freundin gleich hier ab."

Zögernd stieß sich Bodenwald vom Auto ab und drehte sich in Richtung der hinteren Tür. Der Mann in schwarz hielt die ganze Zeit die Waffe auf ihn gerichtet.

„Mach ja keinen Scheiß! Schön langsam."

Er wandte sich seinem Begleiter zu.

„Bring die Kleine schon mal ins Auto. Ich komme mit dem hier gleich nach."

Der andere schwarz gekleidete nickte und packte Silvana an der Schulter.

„Komm Mäuschen. Wir machen jetzt einen kleinen Ausflug."
Silvana fuhr herum und schrie ihn an.

„Ich bin nicht dein Mäuschen, du Arschloch! Und fass mich nie wieder an, hast du verstanden?"

Bodenwalds Bewacher wandte seinen Kopf für einen Moment den beiden zu, offenbar durch das Geschrei irritiert. Jan erkannte augenblicklich die Gelegenheit, stürzte sich auf ihn und warf ihn zu Boden. Dabei packte er mit der einer Hand die Pistole und wand sie seinem Gegner aus den Fingern. Der andere Kerl blickte für einige Augenblicke verwirrt auf das Geschehen, was wiederum Silvana ausnutzte, um ihm mit voller Wucht in den Unterleib zu treten. Stöhnend sackte er zusammen und fing sich dabei noch einen so kräftigen Tritt gegen den Kopf ein, dass er augenblicklich das Bewusstsein verlor. Silvana griff geistesgegenwärtig nach seiner Pistole, richtete sie auf den Ohnmächtigen und drückte ohne zu zögern ab. Der Schuss ließ Bodenwald und seinen Gegner, die beide auf dem sandigen Weg miteinander rangen, für einen kurzen Moment verharren. Dann stand Silvana über ihnen und zielte mit der Waffe auf den Kopf des zweiten schwarz gekleideten. Der stellte augenblicklich den Widerstand ein und hob die Hände. Bodenwald stieß sich von ihm ab und rappelte sich auf, die Pistole seines Widersachers in der Hand. In Silvanas Gesicht spiegelte sich eine unbändige Wut, ihr Zeigefinger krümmte sich langsam um den Abzug.

„Tu es nicht! Er hat sich ergeben." Bodenwald richtete seine Pistole ebenfalls auf den Mann, der mit noch immer erhobenen Händen einen Schritt auf die beiden zuging.

„Stehenbleiben!" Bodenwald wich einen halben Meter zurück. Der Mann gehorchte.

Silvana hatte ihre Waffe noch immer auf ihn gerichtet, den Zeigefinger allerdings wieder ein klein wenig entspannt.

„Was machen wir jetzt mit ihm? Immerhin wollte er uns umbringen."

„Das stimmt nicht, wir sollten..."

Ein Schuss direkt vor seine Füße stoppte den Schwarzgekleideten, der gerade wieder versucht hatte, sich den beiden zu nähern.

„Ich hatte doch gesagt, Sie sollen stehenbleiben!" Bodenwald machte einen Schritt zur Seite und zielte auf den Kopf des Mannes.

„Los runter, auf die Knie! Aber die Hände bleiben oben!"

Der andere ließ sich auf den Waldweg sinken. Bodenwald nickte unmerklich. Er warf einen kurzen Blick auf Silvana.

„Sieh in deren Wagen nach, ob du etwas findest, womit wir ihn fesseln können. Wir nehmen ihn mit, suchen uns einen ruhigen Ort und unterhalten uns mit dem Gentleman hier."

Es dauerte einen Moment, dann stand sie triumphierend mit einem Paar Handschellen und einer Rolle silbernem Klebeband vor ihnen. Bodenwald nickte zufrieden.

„Offenbar wollten sie uns doch mitnehmen. Also los, fessele und durchsuche ihn. Nicht, dass er den Schlüssel für die Handschellen in der Hosentasche hat."

Fünf Minuten später lag der Schwarzgekleidete eingeschnürt wie ein Paket im Kofferraum seines Geländewagens, eines Volvo-SUV. Bodenwald und Silvana wuchteten die Leiche seines Kollegen in ihren Mietwagen.

„Was machen wir jetzt mit ihm? Gleich kommt bestimmt die Feuerwehr."

Silvana deutete mit dem Kopf auf die Rauchwolke, die aus Richtung ihres Ferienhauses aufstieg.

„Die kommt bestimmt aus einer anderen Richtung. Sonst wäre hier schon jemand vorbeigefahren. Wir suchen uns etwas, womit wir das Auto anzünden können."

Er kramte noch einmal in den Taschen des Toten und zog triumphierend ein Feuerzeug hervor.

„Los, setz dich in den Volvo und lass den Motor an! Ich kümmere mich um unseren Wagen."

Dann öffnete er den Tank, stopfte einen Lappen hinein und zündete ihn an. Atemlos erreichte er den SUV.

„Los weg hier, gleich fliegt alles in die Luft!"

Silvana hatte den Rückwärtsgang bereits eingelegt und trat das Gaspedal durch. Sie waren kaum fünfzig Meter entfernt, als ihr Auto mit dem Toten auf dem Fahrersitz in einem Feuerball verschwand.

Bodenwald starrte auf das Inferno, dass sich vor ihren Augen abspielte.

„Okay, damit dürften wir alle Spuren beseitigt haben. Du warst ziemlich kaltblütig, als du ihn erschossen hast."

Silvana, die gerade dabei war, den schweren Wagen zu wenden, stoppte und schaute ihm in die Augen.

„Das hättest du auch gemacht, wenn er dich wie ein Stück Fleisch überall begrapscht hätte. Dieses Schwein hat es genossen und dafür seine verdiente Strafe bekommen. Was machen wir eigentlich mit ihm da hinten?"

Sie deutete mit dem Kopf auf den Kofferraum.

„Wir fahren erst einmal ein paar Stunden und suchen uns ein neues Quartier. Dann werden wir ihn verhören."

„Meinst du, er wird uns etwas erzählen? Er wirkt nicht so, als wäre er sehr gesprächig."

Bodenwald nickte versonnen.

„Das wird vielleicht nicht schön werden, aber wir werden ihn zum Reden bringen. Ich habe da mal so einen Film gesehen, wo das auch geklappt hat."

„Du willst ihn foltern?"

„Nur, wenn es sich nicht vermeiden lässt. Zumindest sollten wir ihn in dem Glauben lassen, dass wir es tun würden. Wenn wir es geschickt anstellen, erzählt er uns alles, ohne dass wir ihm wehtun müssen. Denk immer daran, er ist einer von den Bösen. Die hätten mit uns das gleiche gemacht, nur um herauszubekommen, was wir wissen."

Einige Stunden später rutschte der Gefangene nervös auf dem Stuhl hin und her, auf dem er gefesselt war. Nach stundenlanger Autofahrt hatten Jan Bodenwald und Silvana Renk über ein örtliches Tourismusbüro eine winzige Hütte in einem abgelegenen Waldstück angemietet. Die war bei Weitem nicht so komfortabel ausgestattet wie die Vorherige, die in Flammen aufgegangen war, allerdings hatten sie auch nicht vor, hier allzu lange zu bleiben. Bodenwald trug einige Einkäufe, die sie unterwegs in einigen Lebensmittelgeschäften und Baumärkten getätigt hatten, in das kleine Holzhaus. Währendessen stand Silvana mit der Pistole in der Hand vor dem schwarz gekleideten Mann, den die lange Fahrt im Kofferraum sichtlich mitgenommen hatte. Sie beugte sich direkt vor sein Gesicht.

„Gleich wirst du es bereuen, uns überhaupt gekannt zu haben. Wenn ich eines auf den Tod nicht leiden kann, dann ist es die

Tatsache, dass mich einer von euch Kerlen begrapscht. Dafür werde ich dich leiden lassen, mein Schätzchen!"

Mit einem Ruck zog sie das Klebeband von seinem Mund, so heftig, dass er für einen kurzen Moment schmerzhaft das Gesicht verzerrte. Silvana drückte die Mündung der Pistole unter sein Kinn.

„Glaub ja nicht, dass ich irgendwelche Skrupel habe, dich zu erschießen. Niemand weiß, dass du hier bist und keiner wird deine Leiche jemals finden."

Bodenwald stellte ein Sixpack Mineralwasser auf den Tisch, der mitten in dem kleinen Raum stand.

„Lass uns erst einmal etwas essen, bevor wir anfangen. Möglicherweise wird es eine lange Nacht."

Er schraubte eine Flasche auf und hielt sie dem Gefangenen an den Mund.

„Hier, trinken Sie. Es ist vielleicht das letzte Mal, dass Sie etwas zu sich nehmen. Sie müssen wissen, dass meine Partnerin hier so richtig sauer auf Sie ist. Eigentlich wollte sie Sie schon unterwegs erschießen und irgendwo im Wald vergraben. Und das alles nur, weil Ihr Kollege seine Hände nicht unter Kontrolle hatte."

„Aber dafür kann ich doch nichts! Er ist..., war ein Schwein. Ich habe auch nur sehr ungern mit ihm zusammengearbeitet."

Wieder stand Silvana vor direkt vor ihm. Zwischen ihre Nasenspitzen passte kaum ein Blatt Papier.

„Fakt ist aber, dass du gemeinsam mit ihm nach Schweden gekommen bist, um uns zu kidnappen. Damit bist du genau so schuldig."

Bodenwald legte seine Hand auf ihre Schulter und zog sie mit sanftem Druck von dem Mann weg.

„Lass erst mal gut sein. Er wird uns alles erzählen, was er weiß, dann sehen wir weiter. Vielleicht hilft er uns ja sogar."

Sie stieß einen verächtlichen Ton aus.

„Der uns helfen? Das glaube ich im Leben nicht. Geh eine Stunde spazieren, ich lege ihn inzwischen um und beseitige die Leiche."

Sie schob Bodenwald beiseite und drückte die Mündung der Pistole in die Genitalien ihres Opfers.

„Keine Angst, mein Süßer. Ich lasse mir auch richtig Zeit mit dir."

Der Gefesselte erbleichte.

„Hören Sie, mein Name ist Jan-Hendrik Schade. Ich bin einundvierzig Jahre alt und stamme aus Winterberg im Sauerland. Ich habe.. habe zwei Kinder, acht und vier Jahre alt."

Silvana zog die Waffe ein kleines Stück zurück.

„Ja und? Wen interessiert das jetzt noch? Du bist so gut wie tot."

Bodenwald griff nach einer neuen Flasche Wasser, schraubte sie auf und nahm einen langen Schluck.

„Das ist eine Taktik. Er möchte, dass du ihn als Menschen betrachtest, quasi eine Art Beziehung zu ihm aufbaust. Bisher war er nur ein namenloser Gefangener."

Sie richtete sich auf und starrte Bodenwald an.

„Das hätte er sich früher überlegen sollen. Bevor er und sein Kollege auf uns geschossen haben. Und bevor diese Schweine begonnen haben, mich zu betatschen."

Schade blickte sie flehend an.

„Aber das war mein Kollege! Ich tue so etwas nicht. Ganz ehrlich. Ich habe Achtung vor Frauen."

Sie fuhr herum und richtete die Waffe auf sein Gesicht.

„Soviel Achtung, dass du auf sie schießt, ja? Ich glaub dir kein Wort. Du bist genau so ein Perverser wie dieses Schwein, dass ich kalt gemacht habe."

Silvana drehte sich wieder zu Jan Bodenwald.

„Und nun geh nach draußen! Ich übernehme das hier."

Schade rüttelte an dem Stuhl.

„Nein, bitte lassen Sie mich nicht mit ihr allein. Ich habe zwei Kinder!"

Bodenwald trank erneut einen Schluck Wasser und setzte sich auf eine Bank in der Ecke.

„Ich werde hier bleiben, wenn Sie uns erzählen, was wir wissen wollen. Sollte ich das Gefühl haben, Sie verarschen uns oder gefallen mir Ihre Antworten nicht, dann werde ich aufstehen und gehen. Und dann bringt die junge Frau hier das ganze Equipment zum Einsatz, dass wir für teures Geld gekauft haben. Sie können sich sicherlich vorstellen, was man mit einer Autobatterie, einem Starterkabel und ein paar langen Nägeln so alles anstellen kann?"

Silvana drehte sich zu ihm um.

„He, das hatten wir anders besprochen. Du lässt mich mit ihm allein und ich unterhalte mich mit ihm. Vielleicht zeige ich diesem Arschloch ja ganz am Schluss noch meine Möpse,damit sein letzter Blick noch auf etwas schönes fällt, bevor er in die ewigen Jagdgrüne fährt. Dann hat er auf jeden Fall einen schöneren Tod als sein Kollege, auch wenn er vorher noch richtig leiden muss."

Jan-Hendrik Schade saß inzwischen schwer atmend auf seinen Stuhl.

„Nein, bitte nicht. Ich sage Ihnen alles, was Sie wissen wollen. Aber tun Sie mir nichts."

Jan Bodenwald ging um den Volvo herum und öffnete die Kofferklappe. Mit einiger Mühe zerrte er den gefesselten Jan-Hendrik Schade aus dem Auto. Er überprüfte den Sitz der Handschellen und fesselte seine Füße mit Kabelbinder, so dass der Gefangene nur sehr kurze Schritte machen konnte. Schade wirkte verwirrt. In dem zweistündigen Verhör hatte er eingestanden, dass er zu einer speziellen Einsatzgruppe des Bundesnachrichtendienstes gehörte, die verdeckte Operationen im Ausland ausführte. Er nannte die Namen der Vorgesetzten und erläuterte ausgesprochen freimütig, wer ihn und den Kollegen zu dem Einsatz nach Schweden geschickt hatte.

Am Schluss seiner Aussage forderte Silvana, die sich die ganze Zeit über demonstrativ mit der Autobatterie und dem Starthilfekabel beschäftigt hatte, von Schade die Adresse seiner Familie.

„Wenn wir merken, dass du uns noch einmal in die Quere kommst, besuche ich persönlich deine Kinder, mein Freund!"

Der Gefangene hatte geschluckt und wurde danach erneut in den Kofferraum seines Wagens verfrachtet. Sie hatten beschlossen, mit ihm einige hundert Kilometer weit in den Norden zu fahren und dann in einem Wald auszusetzen. Ihren Berechnungen zu Folge würde selbst der gut trainierte Mann mehrere Tage brauchen, bis er wieder nach Deutschland zurückkehren konnte.

17.

Zwei Stunden lang hatten sie das Einfamilienhaus in der ruhigen Seitenstraße beobachtet. Mittlerweile war es einundzwanzig Uhr und die gutbürgerliche Gegend bereitete sich auf die Nachtruhe vor. Hier gab es keine Jugendlichen, die sich in Bushaltestellen trafen, auch die sonst so zahlreich anzutreffenden Jogger saßen jetzt vor den Fernsehern. Jan Bodenwald und Silvana Renk sahen sich kurz an und nickten. Dann packten sie jeder einen Rucksack und stiegen aus dem Auto. Sie waren seit zwei Tagen zurück in Deutschland. Noch von Schweden aus hatten sie Kontakt mit Isidor aufgenommen. Der hatte Wort gehalten und ihnen falsche Papiere und Bargeld besorgt. Beides fanden sie in einem toten Briefkasten, den der Blogger in einem verlassenen Kuhstall in der Nähe von Berlin angelegt hatte.

Silvana und Jan diskutierten lange, wie man ihr aktuelles Vorhaben am effektivsten angehen könnte. In den Unterlagen hatten sie einen vermeintlich Abtrünnigen aus dem Derwisch-Projekt ausgemacht, einen früheren Bundeswehrgeneral, vor dessen Haus sie nun standen. Silvana hatte dafür plädiert, mitten in der Nacht bei ihm einzudringen und ihn im Bett zu überraschen. Dermaßen überrumpelt wäre er schneller bereit sein auszusagen. Jan hatte heftig widersprochen und sich schließlich mit dem Plan durchgesetzt, die weichere Methode anzuwenden. So kam es, dass sie jetzt auf die Klingel drückten und darauf warteten, dass der kürzlich pensionierte Militär ihnen öffnen würde. Nach ihren Recherchen lebte er allein, so dass sie ausreichend Zeit hätten, ihn zum Reden zu bringen.

Es dauerte einen Moment, bis die Tür geöffnet wurde. General Baumann war fast zwei Meter groß und schaute mit stechendem Blick auf sie herab.

„Was kann ich für Sie tun?" In seiner Stimme lag deutlicher Unwillen wegen der späten Störung.

„Mein Name ist Jan Bodenwald, das hier ist Silvana Renk. Sie ist freie Journalistin. Wir sind hier, weil wir einige Fragen an Sie bezüglich Ihrer Involvierung in das Derwisch-Projekt haben."

Der General kniff die Augen zusammen.

„Wie kommen Sie darauf, dass ich Ihnen dazu etwas sagen könnte? Und dazu noch zu so später Stunde?"

Silvana machte einen Schritt nach vorn.

„Wir haben Unterlagen zugespielt bekommen, die wir in den letzten Tagen ausgewertet haben. Und dabei sind wir auf Ihren Namen gestoßen. Sie sind offenbar aus der Sache ausgestiegen. Herr Baumann, oder soll ich lieber sagen, Herr General? Wegen dieser Papiere sind Menschen gestorben. Oder besser, sie wurden umgebracht, weil jemand verhindern wollte, dass sie an die Öffentlichkeit gelangen. Seine Freundin hier", sie zeigte auf Bodenwald, „wurde erstochen und man hat ihm ein unglaubliches Märchen aufgetischt, wie es gewesen sein sollte. Wir wollen die Wahrheit ans Licht bringen."

Baumann schaute nach links und rechts zu den Nachbarhäusern.

„Und wieso glauben Sie, dass ich Ihnen dabei helfen könnte?"

Bodenwald, der einen halben Kopf kleiner war, blickte ihm von unten frostig in die Augen.

„Sie sind aus dem Projekt ausgestiegen. Und darüber waren einige nicht sehr erfreut, wenn wir die Unterlagen richtig interpretiert haben. Das heißt, Sie hatten womöglich irgendwelche Skrupel und wollen vielleicht reden."

Der General grinste.

„Warum soll ich mein Herz wildfremden Menschen ausschütten, die mitten in der Nacht mit einer abenteuerlichen Story vor meiner Tür stehen? Finden Sie das nicht auch ein wenig seltsam?"

Noch einmal schaute er die verlassen daliegende Straße entlang, dann stieß er die Tür weit auf und machte einen Schritt beiseite.

„Aber okay, ich bin mal so verrückt. Kommen Sie rein."

Die beiden schoben sich an ihm vorbei in das Wohnzimmer. Sie bemerkten sofort, dass in diesem Haus keine Frau wohnte. Alles war nüchtern und ohne jede Zierde eingerichtet. An der Wand eine rustikale Schrankwand mit einem Fernseher, gegenüber eine Couch und ein Sessel aus den achtziger Jahren. Auf einem kleinen Tisch stand eine Bierflasche, ein Teller mit ein paar Brotkrümeln und eine Fernbedienung. Baumann deutete auf das Sofa.

„Setzen Sie sich. Leider kann ich Ihnen nichts anbieten. So spät am Abend habe ich nicht mehr mit Besuch gerechnet."

Silvana Renk ließ sich auf das harte Sofa fallen und schaute sich flüchtig um.

„Aber wirklich überrascht sind sie von unserem Besuch nicht, richtig?"

Der General lächelte.

„Wissen Sie, einen Militär zu überraschen ist immer schwierig. Der bringt sein ganzes Leben damit zu, alles zu bedenken, was eigentlich undenkbar ist. Darum wundert es mich auch nicht, dass Sie jetzt hier sitzen."

Bodenwald richtete sich auf.

„Heißt das, Sie wussten, dass wir zu Ihnen kommen? Wurden Sie von Irgendjemand gewarnt?"

Baumann lächelte erneut.

„Gewarnt hat mich bestimmt niemand. Aber mir war klar, dass Sie irgendwann vor meiner Tür stehen würden, wenn Sie die ganzen Dokumente gründlich genug ausgewertet hätten. Was ja offensichtlich passiert ist."

Silvana schaute ihm direkt in die Augen.

„Sie wissen von dem Leck?"

„Natürlich. Ich habe ja selbst dafür gesorgt, dass die ganze Sache ans Licht kommt."

Jan Bodenwald und Silvana Renk starrten den General an, als wäre er geradewegs einem Raumschiff entstiegen.

„Sehen Sie," fuhr Baumann fort, „mir wurde die ganze Sache in den letzten Jahren selbst unheimlich. Deshalb habe ich mich pensionieren lassen und auch meine Mitwirkung am Derwisch-Projekt beendet. Natürlich hat man mir zu verstehen gegeben, dass ich darüber strengstes Stillschweigen zu bewahren habe. Obwohl diese Geschichte von keinem Eid, den ich je geleistet habe, abgedeckt ist."

Bodenwald schüttelte den Kopf.

„Ich glaube, Sie binden uns hier einen Bären auf. Die Daten wurde von einer jungen Frau entdeckt und heruntergeladen. Sie wurde deswegen ermordet."

„Sie haben insofern Recht, als das dies die offizielle Version ist, wie Inga Kilian an die ganzen Dateien gelangt ist. In Wirklichkeit hat sie sie von mir bekommen."

„Sie kannten Inga?"

„Ja natürlich. Schließlich war sie meine Nichte. Ihre Mutter ist meine kleine Schwester."

Silvana und Jan tauschten überraschte Blicke, beide rangen augenscheinlich nach Worten.

Bodenwald fasste sich am schnellsten.

„Dann wissen Sie auch, dass Inga ermordet wurde?"

„Ja, davon habe ich erfahren. Allerdings weiß ich wenig über die Umstände. Glauben Sie, es hängt damit zusammen, dass sie die Dokumente hatte oder war es ein Zufall?"

Bodenwald gab dem General eine Kurzfassung der Ereignisse und bemerkte, wie der alte Mann in sich zusammensackte.

„Ich konnte nicht ahnen, dass sie so weit gehen werden. Eigentlich habe ich ihr die ganze Sache nur zugespielt, um mich selbst zu schützen. Aber nach all dem, was Sie mir gerade erzählt haben, entpuppt sich alles als ein abgefeimtes Komplott."

Silvana beugte sich ein wenig vor.

„Wir beabsichtigen, die ganze Geschichte öffentlich zu machen. Können wir dabei auf Ihre Unterstützung zählen?"

Baumann nickte abwesend.

„Natürlich. Allerdings sollten Sie sich im Vorfeld schon mal einen guten Fluchtplan zurechtlegen. Die Sache reicht tief, sehr tief. Und die Akteure verstehen wenig Spaß, wie Sie bereits gemerkt haben dürften."

„Haben Sie noch weitere Unterlagen zum Derwisch-Projekt? Papiere, die über das hinausgehen, was Sie Inga zugespielt haben?"

„Viel mehr schriftlichen Kram werden Sie nicht finden. Das ist alles in irgendwelchen Haushalten versteckt. Alles, was ich dazu beisteuern kann, ist hier drin." Baumann tippte sich mit dem Finger an die Stirn. „Aber seien Sie unbesorgt, das ist immer noch eine ganze Menge."

Er stand auf und strebte in Richtung Küche.

„Ich schlage vor, wir machen uns erst einmal einen starken Kaffee. Es wird eine lange Nacht."

Zehn Minuten später rückte General Baumann den Sessel zurecht und musterte mit einem schmalen Lächeln seine Gäste, die ihn von der Couch aus gebannt anstarrten.

„Nun denn. Um die ganze Geschichte zu begreifen, muss man zurück gehen bis in die fünfziger Jahre. Damals wurde im Rahmen der NATO ein sogenanntes ‚stay behind' Projekt initiiert. Der Grundgedanke war der, dass bewaffnete paramilitärische Kräfte im Falle einer sowjetischen Invasion im Hinterland des Feindes einen Partisanenkrieg führen sollten. Dazu wurde entsprechendes Personal geschult, Waffenlager angelegt und so weiter. Jedes Mitgliedsland baute eine eigene Struktur auf. Am bekanntesten war wohl die sogenannte Gladio-Organisation in Italien. Im Laufe der Jahre versank dieses Projekt immer tiefer in der Geheimhaltung, bis schließlich nicht einmal mehr die amtierenden Verteidigungsminister davon Kenntnis hatten. Befördert durch die fehlende parlamentarische Kontrolle wurden diese Strukturen in einigen Staaten zu den

Lieblingsspielzeugen der Militärs und Geheimdienste. Die Organisationen wurden benutzt, um missliebige politische Gegner aus dem Weg zu räumen, Regierungen zu stürzen und Wahlen zu beeinflussen. Oder nur, um die Terrorangst der Bevölkerung auf einem so hohen Level zu halten, dass man Überwachungen und Beschränkungen der persönlichen Freiheit damit rechtfertigen konnte.

Der bekannteste und tragische Vorfall war der Anschlag auf den Bahnhof von Bologna 1980, bei dem fünfundachtzig Menschen starben. Die Tat wurde zunächst den linken ‚Roten Brigaden' in die Schuhe geschoben. Erst Jahre später, nachdem die Ermittlungen endlos verschleppt und behindert wurden, hat man eine neofaschistische Zelle mit guten Beziehungen zum Geheimdienst als Täter ausmachen können. Und noch einmal einige Jahre danach wurde dann die Verbindung zu Gladio offengelegt, als der italienische Premier Andreotti deren Existenz offen zugeben musste."

Baumann trank einen Schluck Kaffee. Silvana Renk schaute von den Notizen auf, die sie während seiner Ausführungen gemacht hatte.

„Aber das ist alles lange her. Was hat das mit Deutschland zu tun?"

„Warten Sie ab, dazu komme ich jetzt."

Baumann stellte die Tasse auf den Tisch und streckte sich kurz.

„Auch hier in Deutschland wurden selbverständlich entsprechende Strukturen geschaffen. Schließlich war hier die eigentliche Nahtstelle zwischen Ost und West. Und auch bei uns unterstand diese Organisation keinerlei parlamentarischer Kontrolle. Man vermutet heute, dass die Wehrsportgruppe

Hoffmann und einige andere rechtsextreme Vereinigungen ihre Wurzeln in dem Stay-Behind-Konzept hatten. Und dass der Bombenanschlag auf das Münchener Oktoberfest 1980 ebenfalls auf das Konto einer dieser Gruppen gehen soll. Immerhin gibt es genug Merkwürdigkeiten und Vertuschungsversuche, die bis in die heutige Zeit reichen."

Bodenwald strich einen imaginären Krümel von der Tischplatte vor sich.

„Und Sie sagen, diese Strukturen existieren bis heute?"

„Natürlich. Das Konzept wurde immer wieder fortgeschrieben. Allerdings unter einer neuen Prämisse. Denn schließlich kam der NATO ja mit dem Ende des kalten Krieges der Feind abhanden. Aber andererseits wolle man sich ja um keinen Preis der Welt von seiner eigenen kleinen Privatarmee trennen. Also mussten neue Ideen her. Als erstes erfand man die sogenannte dritte Generation der RAF, die dann verschiedene Auftragsmorde durchführte. Wie beispielsweise an Herrhausen von der Deutschen Bank, der vom neoliberalen Kurs abschwenken wollte oder eben auch Rohwedder, dem Treuhandchef. Dem wurde seine eigene Anstalt unheimlich und er hatte wohl zu laut darüber nachgedacht, den Kurs vom Planieren der ostdeutschen Industrie mehr hin zum Sanieren zu ändern. Da musste er halt weg und die haben ihre eiskalte marktliberale Amazone Breuel installiert. Ich war übrigens genau zu der Zeit im Osten stationiert und habe das ganze Übel der westdeutschen Kolonialpolitik dort live mitbekommen."

„Sie urteilen sehr hart über Ihre Landsleute." Jan Bodenwald schüttelte den Kopf.

Baumann blickte ihm scharf in die Augen.

„Sie sind zu jung um mitbekommen zu haben, was damals abging. Sie dürfen das nicht aus der Sicht heutiger ZDF-Dokumentationen beurteilen. Die sind genau so geschönt wie die Planerfüllungszahlen in der DDR. Was wir damals gemacht haben, war astreine Kolonialpolitik. Der Wirtschaft ging es darum, lästige Konkurrenz zu beseitigen, die Politik hatte das Ziel, die ostdeutschen Eliten wegzubekommen. Und wir Militärs sollten einfach nur die Reste der NVA aus dem Weg räumen. Und zwar alles gewaltlos. Das diese Aktion überhaupt geklappt hat, ist im Nachhinein betrachtet einer Mischung aus Lügen, Verarschung und Besonnenheit der Ostdeutschen zu verdanken. Ich glaube, das Deutschland der einzige Staat in der Welt ist, in dem so eine historische Transformation ohne einen einzigen Schuss abzugeben, möglich ist. In jedem anderen Land hätte es zumindest massive Unruhen oder sogar einen Bürgerkrieg gegeben."

„Okay, Herr Baumann, wir schweifen ein wenig ab. Lassen Sie uns wieder zum eigentlichen Thema zurückkehren."

Silvana spielte nervös mit dem Kugelschreiber herum.

„Ja natürlich. Entschuldigen Sie, aber das Thema regt mich noch immer auf. Ende 1997 oder Anfang 1998, genau erinnere ich mich nicht mehr, gab es ein streng geheimes Treffen zwischen führenden Köpfen von Bundeswehr, Verfassungsschutz und BND in einer abgelegenen Berghütte in Österreich. Anlass war die bevorstehende Bundestagswahl und der mögliche Sieg der SPD. Damit war auch klar, dass sich die Bundeswehr früher oder später an Kriegseinsätzen im Ausland beteiligen musste. Also kam man überein, die Oberhoheit über die paramilitärischen Strukturen, von Stay Behind konnte ja nun keine Rede mehr sein, den Geheimdiensten zu übertragen. Im Nachhinein zumindest für die Bundeswehr eine schlaue Entscheidung. Denn stellen Sie sich mal vor, diese Witzfigur Scharping in seiner Eigenschaft als Verteidigungsminister wäre irgendwie über die Sache gestolpert und hätte angefangen, blöde Fragen zu stellen. Da war das bei den Schlapphüten besser untergebracht."

Baumann erhob sich aus dem Sessel.

„Wollen Sie noch einen Kaffee? Jetzt kommt der interessante Teil. Da brauche ich Ihre volle Aufmerksamkeit."

Jan und Silvana standen ebenfalls auf und streckten sich. In der Küche gluckerte die Kaffeemaschine.

„Und was hat der Verfassungsschutz mit seinem neuen Spielzeug angestellt?"

„Genaugenommen haben sie es gründlich verbockt. Sie haben aus den von ihnen geführten Neonazi-Strukturen ein neues Monster erzeugt. Den inzwischen allseits bekannten NSU. Allerdings sind die Jungs wohl ganz schnell außer Kontrolle geraten und haben Türken, Griechen und deutsche Polizisten ermordet. Dazu kam dann noch eine Reihe von Banküberfällen. Also blieb dem Verfassungsschutz nichts weiter übrig als Schadensbegrenzung zu betreiben und die Truppe dauerhaft abzuschalten. Und auch das haben sie wieder ziemlich stümperhaft erledigt. Wer immer den Job damals in Eisenach durchgezogen hat, war entweder ein kompletter Anfänger oder völlig unfähig. Wenigstens hatte man die Ermittlungsbehörden im Griff, sonst hätte noch jemand die Frage gestellt, wie ein Toter eine Pumpgun durchladen kann. Am Ende mussten in Köln an einem Rosenmontag ein paar Beamte kiloweise Akten zu dem

Vorgang durch den Schredder jagen, nur um keine Spuren zu hinterlassen."

„Moment mal", Silvana hob die Hand, „wollen Sie damit ernsthaft andeuten, der NSU war ein Produkt des Verfassungsschutzes?"

Baumann schaute sie überrascht an.

„Natürlich war er das. Schauen Sie, Deutschland hat eine der am effektivsten arbeitenden Strafverfolgungsbehörden der Welt. Und ausgerechnet hier kann eine Mordserie, bei der massenhaft Zeugen und Spuren da sind, jahrelang nicht aufgeklärt werden? Die ganze rechte Szene ist mit V-Leuten nur so gespickt und niemand will etwas mitbekommen haben? Ein Verfassungsschutzmann war sogar bei einem der Morde zugegen und hat nicht einmal die Leiche bemerkt. Ganz ehrlich, ich hab die Jungs schon immer für reichlich inkompetent gehalten. Aber diese Amateurfehler haben das ganze Projekt in Gefahr gebracht. Deshalb haben wir die Sache dann auch wieder übernommen."

„Mit wir meinen Sie die Bundeswehr?" Bodenwald schlürfte dezent einen Schluck Kaffee.

Baumann nickte.

„Richtig. 2007 gab es ein neues Treffen, wieder in Österreich, wieder streng geheim. Dieses Mal war ich dabei. Wir haben uns darauf verständigt, erst einmal ein wenig Gras über die Sache wachsen zu lassen und danach alles ganz neu zu organisieren. Damals war Jung Verteidigungsminister und hat sich ziemlich schnell als ausgemachter Blindgänger erwiesen. So hatten wir ziemlich freie Hand. Es geht ja immer auch darum, finanzielle Mittel für die geheime Truppe aus dem Etat abzuzweigen. Das heißt, man muss diverse Posten im Haushalt künstlich aufblähen und die überschüssigen Gelder gekonnt abziehen. Den Jung hat das alles nicht interessiert. Der war genug mit dem Afghanistan-Desaster beschäftigt. Auch sein Nachfolger, der Freiherr von und zu Schießmichtot war mehr an schönen Bildern interessiert und hat uns machen lassen."

„Und da hatten Sie dann die Idee, eine paramilitärische Einheit aus Ausländern aufzubauen."

Bodenwald schaute nachdenklich in seine leere Tasse.

„So ungefähr. Wir haben die Situation in Deutschland ziemlich gründlich analysiert und verschiedene Szenarien durchgespielt. Dabei sind wir zu dem Schluss gekommen, dass die Regierung wenig bis gar nicht gegen innere Unruhen gewappnet ist. Damit meine ich, eine robuste Aufstandsbekämpfung."

Silvana hob den Kopf von ihren Aufzeichnungen.

„Aber es gibt doch die Bundespolizei!"

„Meinen Sie im Ernst, ein deutscher Polizeibeamter schießt auf deutsche Demonstranten, unter denen seine Nachbarn, Vereinskameraden oder sogar Verwandte sein könnten? Das glauben Sie doch selbst nicht. Dazu ist der deutsche Michel inzwischen viel zu verweichlicht. Die Bundespolizei wäre in dieser Frage ein Unsicherheitsfaktor ersten Grades. Da muss schon was anderes her. Leute, die keine Skrupel haben. Und die Lösung kam dann 2015. Jede Menge Flüchtlinge aus Kriegsgebieten. Harte Kerle, die wissen, wie man mit einer Waffe umgeht. Und die eine niedrigere Hemmschwelle zur Gewalt haben. Der BND hat in Syrien kräftig getrommelt und eine Menge Geld verteilt, damit wir die passenden Kandidaten bekamen."

„Sie haben in Syrien Leute angeworben und als Flüchtlinge nach Deutschland geschleust? Wie krank ist das denn bitte?"

Silvana schaute den General fassungslos an.

„Es waren ja nicht nur unsere Leute aktiv. Auch die Franzosen, Italiener und Belgier haben dort unten rekrutiert wie die Weltmeister. Eben alle, die soziale Unruhen befürchten und der eigenen Polizei nicht vertrauen."

„Und Sie haben die Männer dann hier ausgebildet?" Silvana schüttelte, noch immer ungläubig, den Kopf.

„Es war ja so einfach wie noch nie in der deutschen Geschichte, in dieses Land einzureisen. Niemand hatte Papiere, jeder konnte sein wer er wollte. Wir haben die Kandidaten dann nur von den vereinbarten Punkten mit Bussen abgeholt und in vorbereitete Objekte gebracht. Also meistens in vermeintlich stillgelegte Kasernen. Nach außen hin sah es wie eine Notunterkunft für Flüchtlinge aus, in Wirklichkeit war es aber eine voll funktionstüchtige Garnison. Manchmal hat sogar die Presse darüber berichtet. Sie werden sich erinnern, die waren immer auf der Jagd nach positiven Stores. Aber nie hat auch nur ein Reporter bemerkt, was hinter den Kulissen wirklich lief. Und selbst wenn, wäre das nie an die Öffentlichkeit gelangt."

„Ich kann nicht glauben, dass niemand etwas davon mitbekommen haben soll."

Bodenwald merkte, wie seine Halsschlagader anschwoll.

„Die Geheimhaltung hat die ganze Zeit funktioniert. Wir haben den Personenkreis, der vom Derwisch-Projekt wusste, immer so klein wie möglich gehalten."

Silvana klopfte mit dem Stift auf ihren Block.

„Der Anschlag auf den Berliner Weihnachtsmakt, war das auch ihr Werk? War Anis Amri auch ein Mitglied der Derwisch-Einheit?"

Baumann lehnte sich zurück und strich sich durch die Haare.

„Das ist ein Kapitel für sich. Zunächst einmal soviel. Es gab eine Anfrage vom Verfassungsschutz. Sie wollten von uns gern zwei bis drei Männer haben, die in Berlin eine Operation durchführen sollten. Es geht ja immer darum, die Bevölkerung auf einem bestimmten Angstlevel zu halten, um auch weiterhin gute Gründe zu haben, Repressionsmaßnahmen zu verschärfen. Ich habe diesen Auftrag aber kategorisch abgelehnt. Terror im eigenen Land ist mit mir nicht zu machen. Die Schlapphüte haben das alles dann auf eigene Faust organisiert. Ich weiß bis heute nicht, ob Amri wirklich existiert hat oder nur ein Phantom war, dass man den Medien präsentieren wollte. Schließlich hat ihn niemand aus dem Laster steigen sehen. Letzten Endes hat man nur Papiere gefunden, die auf einen Anis Amri ausgestellt waren."

„Aber er wurde doch in Mailand erschossen!"

Silvana starrte dem General in die Augen. Der lächelte milde.

„Frau Renk, ich weiß nicht, was man für Medikamente nehmen muss, um zu glauben, dass ein gesuchter Terrorist mit dem Zug durch Europa fährt und sich dann in Italien von zwei Streifenpolizisten erschießen lässt. Ich habe ganz ehrlich auch keine Ahnung, wen man dort in Mailand getötet hat. Aber es war bestimmt nicht der Attentäter vom Breitscheidplatz. Das ganze war mal wieder eine ganz schlecht choreographierte Show des Verfassungsschutzes. Oder was glauben Sie, warum die ganzen Untersuchungsausschüsse in dem Fall nicht weiterkommen? Der

Geheimdienst mauert, wo er nur kann. Weil die nämlich richtig Dreck am Stecken haben. Sehr blutigen Dreck, genaugenommen. Aber das kümmert die herzlich wenig."

Jan Bodenwald sprang auf und begann im Wohnzimmer umherzuwandern. Schließlich blieb er vor Baumann stehen.

„Was Sie uns hier erzählen bedeutet nichts anderes, als dass die größten Terroranschläge der letzten Jahre auf das Konto Ihrer Organisation gehen."

Der General zögerte einen Moment und nickte dann bedächtig.

„Wenn Sie den Verfassungsschutz als Teil des Derwisch-Projektes betrachten, kann man durchaus so sehen."

Silvana schaute ihn fassungslos an.

„Aber was macht das für einen Sinn? Die Aufgabe des Staates ist es doch, seine Bürger zu schützen."

Baumann warf ihr einen mitleidigen Blick zu.

„Sie haben ein wenig zu lange im Grundgesetz geblättert. Ihre Auffassung mag vordergründig stimmen. Aber die Aufgabe des Staates in der heutigen Zeit ist es, die bestehende Ordnung zu schützen. Und zwar vor dem Bürger. Vor dem Volk. Wie ich vorhin schon sagte, das Volk lässt sich am besten im Zaum halten, wenn es in Angst gehalten wird. Nur wenn eine beständige Gefahr besteht, lassen sich die Befugnisse von Polizei, Geheimdiensten und Militär sukzessive ausweiten. Immer nur in kleinen Schritten, aber beständig. Und der deutsche Michel zieht sich abends in aller Ruhe die Decke über die Ohren und schläft beruhigt ein. Dabei merkt er gar nicht, dass es seine Freiheit ist, die immer weiter beschnitten wird, seine Privatsphäre, die man bis ins kleinste durchleuchtet. Und das alles nur zu dem Zweck, dass die da oben weiterhin machen können, was sie wollen."

„Okay, Herr General." Bodenwald setzte sich wieder. „Was war Ihre Rolle in diesem Spiel?"

„Ich habe aus den rekrutierten Flüchtlingen kampffähige Einheiten aufgebaut, sie untergebracht, eingekleidet, bewaffnet und versorgt. Und natürlich ein Ausbildungskonzept erstellt."

Bodenwald hob die Hand.

„Wofür werden sie ausgebildet?"

„Aufstandsbekämpfung. Häuserkampf, Straßenschlachten, eben das volle Programm. Die Bundeswehr hat da einen wundervollen, brandneuen Spielplatz in der Altmark. Dort gibt es das Gefechtsübungszentrum Schnöggersburg, in dem Sie alles finden, was Sie für den modernen Krieg in Europa brauchen. Hochhäuser, Fabriken, U-Bahnen, einen Flughafen, Slums und einen Fluss. Ein ideales Gelände, um unsere neuen Wüstenkrieger zu schulen."

Bodenwald beugte sich ein wenig über den Tisch.

„Nur mal so nebenbei: Über wie viel Mann reden wir aktuell?"

Baumann legte den Kopf in den Nacken.

„Bei meinem Ausscheiden waren es zwei Bataillone mit jeweils etwa eintausend Mann. Möglicherweise sind es inzwischen mehr."

„Jesus! Zweitausend bewaffnete Männer!" Silvana schlug die Hände vor das Gesicht.

„Bewaffnet und voll ausgebildet. Und bereit zu töten." Baumann erhob sich und trat hinter seinen Sessel. Er stützte sich auf die Rückenlehne und schaute seine Gäste an.

„Eine Frage haben Sie mir noch nicht gestellt."

Bodenwald blickte ihm von unten in die Augen.

„Warum erzählen Sie uns das alles?"

Der General zeigte mit dem Finger auf ihn.

„Genau darauf habe ich gewartet. Wenn jemand von diesem Treffen erführe, wäre ich wahrscheinlich schon in ein paar Stunden ein toter Mann. Und Sie würde man wahrscheinlich auch umbringen."

Jan Bodenwald lächelte.

„Das versucht man schon seit beinahe 3 Wochen."

„Irgendwann ist Ihre Glückssträhne vorbei."

„Aber vorher möchte ich noch Ingas Mörder finden. Und diejenigen, die dahinter stecken. Aber zurück zu meiner Frage nach dem warum."

„Genau." Baumann ging wieder um den Sessel herum und setze sich. „Sehen Sie, nach der Amri-Geschichte kam es zu einem streng geheimen Treffen der führenden Köpfe des Derwisch-Projektes. Dabei ging es zunächst einmal um die operative Tarnung, immerhin gab es ja ziemliche Unruhe in der Bevölkerung und ein paar übereifrige Politiker wollten partout einen Untersuchungssauschuss. Wir brauchten also einen Buhmann, den wir der Öffentlichkeit präsentieren konnten. Und da haben wir uns auf den Verfassungsschutz geeinigt. Die waren zwar nicht so begeistert, mussten die Kröte aber schlucken. Schließlich hatten die es ja auch verbockt."

„Und warum sind Sie denn nun ausgestiegen?" Silvana rutschte ruhelos auf dem Sofa umher.

„Ja richtig. Also bei diesem Treffen wurde seitens einer der führenden Männer die Forderung laut, in Deutschland eine richtig große Sache zu inszenieren, um die neu aufgestellte Truppe auch mal zum Einsatz zu bringen. Und gleichzeitig den Sicherheitsbehörden den Anlass zu liefern, mal so richtig hart durchzugreifen. Quasi als Abschreckung. Da war dann bei mir der Bart ab. Ich habe meinen Abschied eingereicht und wurde daraufhin postwendend aus dem Projekt entfernt."

Bodenwald lehnte sich zurück.

„Und, gab es diese große Sache denn nun?"

Baumann schaute ihn an wie einen dummen Schuljungen.

„Haben Sie denn nicht mitbekommen, was im Juli 2017 in Hamburg gelaufen ist? Das G7-Treffen, das diese Schwachköpfe ja ausgerechnet in einer Großstadt veranstalten wollten. Die schwarz gekleideten Truppen, die unbehelligt durch die Straßen gezogen sind und Autos angezündet haben, was meinen Sie, wer das war? Irgendwelche Linken aus Sankt Pauli? Nein, das war unsere Derwisch-Truppe. Und bevor jemand darauf gekommen ist, waren die auch schon wieder weg. Die Polizei ist dafür wie in einem Bürgerkrieg in das Schanzenviertel eingefallen. Mit Panzerfahrzeugen und Sturmgewehren. Dass es in den Tagen keine Toten gegeben hat, war reiner Zufall. Natürlich wurde dafür gesorgt, dass die Presse fleißig darüber berichtet. Es gab auch noch genügend andere, friedliche Demos mit zig tausend Teilnehmern. Haben Sie davon etwas in der Tagesschau gesehen? Natürlich nicht. Die Leute sollten sehen, was die Staatsmacht auffahren kann, wenn es ernst wird. Und das war der Punkt, wo ich nicht mehr mitmachen wollte. Natürlich hat man mir gedroht. Doch ich war fest entschlossen, die ganze Geschichte irgendwie ans Licht zu bringen. Und so habe ich alles, was ich an Material besaß, auf eine Speicherkarte kopiert und meiner Nichte zugespielt. Die Story, dass sie durch Zufall bei einem Kunden darauf gestoßen ist, war nur Tarnung, um mich zu schützen. Aber irgendwie sind sie ihr auf die Spur gekommen. Und um mich ruhig zu halten, hat man Ingas Bruder verhaftet. Mit dem Pack bin ich endgültig fertig. Wenn Sie also meine Hilfe brauchen, um Ihre Mörder zu finden, können Sie auf mich bauen."

Bodenwald wischte sich mit den Handflächen durch das Gesicht.

„Das muss ich alles erst einmal verdauen. Dabei fällt mir noch etwas ein. Kurz nach dem Mord an Inga wurde ich von einem Unbekannten in ein Rostocker Kino bestellt. Er wollte mir wichtige Informationen geben. Dabei fiel auch die Bezeichnung Derwisch-Projekt. Waren Sie das?"

Baumann schüttelte den Kopf.

„Nein. Zu dem Zeitpunkt wusste ich noch nicht, ob ich Ihnen vertrauen konnte. Ich habe auch niemanden beauftragt, Sie zu kontaktieren."

„Heißt das, Sie haben noch irgendwo Helfer?"

„Es gibt zwei Männer, ebenfalls ehemalige Soldaten, auf die ich mich absolut verlassen kann. Sie führen von Zeit zu Zeit kleine Aufträge für mich aus."

Silvana blickte auf.

„Was sind das für Aufträge? Ich dachte, Sie wären ausgestiegen."

Der General lächelte.

„Was glauben Sie, wer Inga mit Ihrem Kollegen Körner zusammengebracht hat? Und woher hatten Sie die Information, um mitten in der Nacht genau dort aufzukreuzen, wo Herr Bodenwald auf der Flucht vor einer Derwisch-Einheit war?"

Silvana stockte.

„Das war..., war der Hinweis eines Informanten. Der hatte kur zuvor mit Johannes gesprochen und von ihm den Hinweis auf das Waldstück bekommen."

„Ihr Johannes Körner war zu dem Zeitpunkt schon tot. Und er", Baumann deutete auf Bodenwald, „wurde gejagt wie ein wildes Tier. Übrigens mein Kompliment. Für einen Zivilisten haben Sie sich ganz gut aus der Affäre gezogen."

Bodenwald quittierte das Lob mit einem kurzen Nicken.

„Und Ihre Männer haben die Aktion beobachtet?"

„Nicht direkt. Sie haben wiederum noch Kontakte zu einigen Leuten innerhalb des Projektes und bekamen von dort wohl einen Hinweis. Ich habe dann darum gebeten, Ihnen zu helfen."

„Dann bin ich Ihnen wohl zu Dank verpflichtet."

Der alte Mann winkte ab.

„Was Sie tun können, nein besser tun müssen, ist zum einen, die ganze Schweinerei an die Öffentlichkeit zu bringen. Die Bevölkerung muss erfahren, was hinter den Kulissen vor sich geht. Immerhin sind es auch ihre Steuergelder, die dafür eingesetzt werden."

„Dafür sorge ich." Silvana tippte mit den Kugelschreiber auf ihren Notizblock. „Aber was ist das Zweite, das wir für Sie tun können?"

„Bringen Sie die Schweine zur Strecke, die hinter dem Mord an meiner Nichte stehen. Dabei werden Ihnen meine Männer helfen. Sie sind beide ehemalige Elitesoldaten mit reichlich Erfahrung. Morgen früh werden Sie hier von ihnen abgeholt und in ein sicheres Versteck gebracht. Von dort aus werden Sie dann operieren."

Jan Bodenwald streckte sich und kämpfte gegen die Müdigkeit an, die ihn plötzlich erfasste.

„Aber wir haben noch keinen konkreten Ansatzpunkt. Bei wem sollen wir anfangen?"

„Keine Sorge, Sie bekommen alle Informationen, die Sie brauchen. Es wird endlich Zeit, dass wir zurück schlagen. Gehen Sie jetzt schlafen. Sie können mein Gästezimmer beziehen.Und morgen überlegen wir, was wir tun können. Dann werden meine Männer hier sein und Ihnen helfen."

18.

„Dort drüben ist er."

Silvana wies auf jemanden, der auf der anderen Straßenseite gerade aus seinem Passat stieg. Jan Bodenwald drehte sich zu den beiden Männern um, die hinter ihnen im Wagen saßen.

„Das ist der Kerl, der befohlen hat, uns umzubringen. Wollen wir warten, bis er im Haus ist?"

Ihre Begleiter, zwei ehemalige Feldwebel des Kommandos Spezialkräfte der Bundeswehr, waren sehr früh am Morgen bei General Baumann aufgetaucht. Beim gemeinsamen Frühstück war man übereingekommen, sich zunächst Dirk Gehrmann vorzunehmen, Abteilungsleiter beim BND und verantwortlich für den verunglückten Einsatz von Jan-Hendrik Schade, der so hofften sie, noch immer durch Schwedens Wälder irrte.

Einer der beiden Soldaten, der Ex-Feldwebel Christian Pusch, war am Vormittag in Gehrmanns Wohnung eingedrungen und hatte die Lage erkundet. Nach seinem Bericht lebte der BND-Mann offenbar allein. Das würde es für sie einfacher machen, ihn zu kidnappen und aus der Stadt zu schaffen.

Sie warteten lange im Wagen, erst kurz vor Mitternacht stiegen die vier aus und betraten das Haus, in dem ihr Opfer mittlerweile hoffentlich in tiefem Schlaf liegen würde. Lautlos öffnete Pusch die Wohnungstür mit einem elektronischen Dietrich. Sein Kamerad, der ehemalige Stabsfeldwebel Brinkert, zog eine Pistole und schlich als erster in den Flur. Pusch wies mit der Hand auf eine Tür. Dann ging alles sehr schnell. Bevor Jan Bodenwald und Silvana Renk die Situation erfassen konnten, waren die beiden Ex-Soldaten bereits in das Schlafzimmer gestürmt und warfen sich auf den schlafenden BND-Mann.

Blitzschnell drehten sie ihm die Hände auf den Rücken und fesselten die Gelenke mit Kabelbindern. Pusch stopfte ihm einen Knebel in den Mund und zog schließlich einen schwarzen Stoffbeutel, den er aus einer der zahlreichen Taschen seiner schwarzen Montur hervorholte, über den Kopf. Erleichtert nickten sich die beiden Elitesoldaten zu und blickten an Bodenwald an, der in das Zimmer trat.

„Okay, nur noch eine Beruhigungsspritze, dann ist unser Mann transportbereit. Seht Euch noch einmal in der Wohnung um, wir bringen ihn inzwischen runter."

Der Ingenieur nickte.

„Dann los!"

In Windeseile öffneten er und Silvana Renk sämtliche Schränke in dem kleinen Apartment und stöberten nach Unterlagen, ohne jedoch fündig zu werden. Schließlich schnappte sich die Journalistin Gehrmanns Laptop und sein Handy und wies auf die Tür.

„Los, lass uns verschwinden! Sie müssten ihn inzwischen ins Auto gepackt haben."

Tatsächlich hatten die Soldaten den Körper des Überrumpelten in den Kofferraum ihres Audi verfrachtet und warteten ungeduldig neben dem Wagen auf ihre Begleiter. Bodenwald zeigte auf Brinker.

„Es wäre besser, wenn du ab jetzt fährst. Ich habe keine Ahnung, wo wir ihn hinbringen."

Der Angesprochene nickte und kletterte auf den Fahrersitz.

„Wir haben etwas außerhalb von Berlin einen sicheren Ort vorbereitet, wo wir uns ungestört mit ihm unterhalten werden und unser Gast danach noch einige Tage bleiben kann."

Er gab Gas, achtete allerdings darauf, die Höchstgeschwindigkeit nicht zu überschreiten, um nicht irgendeinem Polizeiwagen aufzufallen.

Silvana beugte sich zu den beiden nach vorn.

„Das sah ziemlich professionell aus, wie ihr ihn in seinem Bett überwältigt habt."

Pusch drehte sich zu ihr um und grinste.

„Solche Einsätze haben wir auf dem Balkan und in Afghanistan zur Genüge hinter uns. Das hier war eine Fingerübung, weil wir davon ausgehen konnten, dass hinter der Tür niemand mit einer Kalaschnikow lauert."

Die Journalistin nickte.

„Wen habt ihr denn dort so alles aus dem Bett geholt?"

„Vermeintliche Kriegsverbrecher, Warlords und jede Menge Ganoven, von denen man sich Informationen erhofft hat. Um alle anderen haben sich die Amerikaner mit ihren Drohnen gekümmert."

„Glaubt ihr, dass Gehrmann auspacken wird?"

Jan Bodenwald beugte sich ebenfalls vor.

Brinker, der gerade an einer roten Ampel stoppte, machte eine wegwerfende Handbewegung.

„Da macht euch mal keine Sorgen. Der wird singen wie ein Vogel. Mit sowas kennen wir uns aus."

„Ihr werdet ihn doch nicht foltern?"

Silvanas Augen weiteten sich.

Brinker rammte den Schalthebel nach vorn und gab Gas.

„Keine Sorge, das werden wir nicht. Inzwischen gibt es da gewisse Mittelchen, die man in die Blutbahn spritzt. Und ruckzuck wird der Kerl anfangen zu reden. Ist alles bereits tausendfach getestet und funktioniert totsicher. Und nebenbei, wie habt ihr eigentlich den Kollegen unseres Freundes zum Reden gebracht? Ihr wisst schon, den der euch in Schweden ans Leder wollte. Habt ihr ihm die Fußsohlen mit Holzkohle versengt?"

Bodenwald grinste.

„Das war nicht nötig. Wir haben einfach die uralte Methode ‚guter Bulle böser Bulle' angewandt. Und das hat bestens funktioniert. Zumal meine Kollegin hier sehr überzeugend sein kann."

Pusch lachte laut los.

„Ich kann mir gut vorstellen, wer von euch der böse Bulle war."

Nach einer knappen Stunde Fahrt bog der Audi von der Hauptstraße ab und rumpelte einen holprigen Waldweg entlang. Schließlich stoppte Brinker den Wagen vor einem rostigen Metalltor. Pusch sprang aus dem Auto und schob die beiden Flügel soweit auseinander, dass sie gerade so hindurch passten. Danach schlüpfte er wieder auf den Beifahrersitz.

„Die ist eine ehemalige Kaserne der Russen. Hier ist seit Jahren niemand mehr gewesen. Vor ein paar Wochen haben wir hier einen alten Bunker entdeckt, der sich gut für ein Verhör und die Unterbringung unseres Gastes eignet."

Silvana schüttelte ein wenig ungläubig den Kopf.

„Wie findet man solche Orte?"

Pusch wies nach vorn.

„Ich interessiere mich für verlassene Objekte, besonders für Kasernen. Mit ein paar Freunden steigen wir dort ein, drehen ein paar Videos und stellen sie dann ins Netz. Dabei haben wir schon die skurrilsten Sachen entdeckt. Dies hier war eher unspektakulär. Aber eben hervorragend für unsere Zwecke geeignet."

„Okay! Ich denke, wir haben genug."

Silvana schaltete die Videokamera aus, mit der sie Gehrmanns Aussage gefilmt hatten. Der BND-Mann hatte ihnen alle Informationen geliefert, die sie haben wollten, nachdem ihm Pusch eine Ampulle einer hellgelben Flüssigkeit in den Arm injizierte. Im Wesentlichen bestätigten sich noch einmal die Fakten, die ihnen einige Tage zuvor bereits General Baumann präsentiert hatte. Außerdem gestand er, den Mord an Inga Kilian in die Wege geleitet und seine Vertrauten auf die Jagd nach Jan Bodenwald und Silvana Renk geschickt zu haben. Offenbar war Dirk Gehrmann innerhalb der Organisation für die Dreckarbeit zuständig.

Bodenwald rieb sich das Kinn.

„Was stellen wir jetzt damit an? Immerhin belastet er eine ganze Reihe von hochgestellten Leuten. Die können wir uns nicht alle vornehmen. Beispielsweise diesen Staatssekretär. Der hat doch bestimmt Personenschutz. An den kommen wir nicht so ohne weiteres ran."

„Brauchen wir auch nicht. Wir geben das", Silvana zeigte auf die Kamera, „mitsamt dem gesamten Material an Isidor und seine Bloggerkollegen weiter. Die stellen das dann alle am selben Tag und zur gleichen Zeit ins Netz. Damit steigt die Wahrscheinlichkeit, dass so viele Menschen wie möglich davon erfahren. Immerhin können sie nicht alle Accounts gleichzeitig sperren."

„Viel wichtiger ist die Frage, wo Ihr Euch verstecken wollt, wenn die Sache hier vorbei ist."

Pusch schaltete einen der beiden Scheinwerfer aus, mit denen sie während Gehrmanns Aussage den Raum beleuchtet hatten.

„Wenn auch nur annähernd zu trifft, was er gesagt hat, dann reichen die Strukturen bis tief in alle möglichen Behörden. Sogar bis tief in die Polizei. Da wird es für uns alle beinahe unmöglich, hier in Deutschland zu überleben."

Silvana schüttelte den Kopf.

„Ich bin sicher, dass sich vieles von selbst erledigt, wenn die Bevölkerung erst einmal erfährt, was hier vor sich geht. Dann können sie nicht mehr so weitermachen wie bisher. Das ist einfach unmöglich."

Bodenwald richtete sich auf.

„Nein, Silvana, das glaube ich nicht. Ich denke, unser Freund hier hat Recht. Das hört nicht einfach auf, nur weil die Leute dann vielleicht Bescheid wissen. Die klassischen Medien werden nicht mitspielen, weil sie ebenfalls durch und durch unterwandert sind. Und der Rest wird deshalb keine Revolution anzetteln. Nicht hier in Deutschland jedenfalls. Klar ist es wichtig, das öffentlich zu machen. Aber es wird nicht viel ändern."

Silvana baute sich direkt vor ihm auf.

„Dann war also alles umsonst? Die Flucht, die Anschläge, der Tod von Inga und Johannes? Wofür haben wir dann alles auf uns genommen?"

Jan Bodenwald legte seine Hände auf ihre Schultern.

„Wir werden es öffentlich machen. Über das Internet. Sie können nicht alle umbringen. Aber wir werden zur Zielscheibe, wenn wir so weiterleben wie bisher. Deshalb müssen wir uns mit dem Gedanken abfinden, über kurz oder lang endgültig aus Deutschland zu verschwinden. Bis dahin bleiben wir weiter abgetaucht. Zumindest so lange, wie unsere Mittel dafür reichen."

Bevor Silvana antworten konnte, wurde die Tür des Bunkers aufgerissen und Stefan Brinkert, der draußen Wache gehalten hatte, stürmte herein.

„Wir müssen hier weg. Da stimmt etwas nicht. Ich habe Stimmen gehört und ein paar Lichter gesehen. Wahrscheinlich haben sie uns aufgespürt."

Bodenwald griff nach seinem Rucksack.

„Wie konnte das passieren? Ich dachte wir wären hier sicher?"

Brinkert hob die Schultern.

„Keine Ahnung Aber sie haben alle Mittel und Möglichkeiten auf ihrer Seite. Wir müssen hier weg."

Silvana deutete auf Gehrmann, der, noch unter dem Einfluss der Infusion, einen verwirrten Eindruck machte.

Pusch packte ihn am Arm.

„Den nehmen wir erst einmal mit. Wir entscheiden später, wo wir ihn lassen. Hier kann er jedenfalls nicht bleiben."

Brinkert fasste in eine der Taschen seiner Jacke und zog eine Pistole heraus, die er Bodenwald hinhielt.

„Ich denke mal, Du weißt, wie man damit umgeht."

Bodenwald nickte und griff wortlos zu, während die beiden Soldaten jeder eine handliche MP-5 Maschinenpistole aus ihrem Gepäck hervorzauberten.

Pusch blickte in die Runde.

„Wir müssen davon ausgehen, dass sie unseren Wagen entdeckt haben und beobachten. Also heißt es erst einmal Fußmarsch. Stefan geht vorweg und sichert das Gelände, dann Ihr beide und ich bilde mit unserem Gefangenen die Nachhut. Wir schlagen uns bis zur nächsten Straße durch und versuchen, ein Auto zu stoppen. In zwei Stunden wird es hell, bis dahin müssen wir weit genug von hier weg sein. Und jetzt los!"

Hastig stopfte Bodenwald die Videokamera in seinen Rucksack, kontrollierte noch einmal die Pistole und stürmte hinter den anderen her zum Ausgang. Brinkert spähte aus der Bunkertür in die Dunkelheit.

„Wir gehen einzeln. Ich laufe bis zu diesem Busch dort. Dann folgt Ihr mir einer nach dem anderen."

Er schaute kurz in alle Richtungen und sprintete los. Bereits nach wenigen Metern war er in der Dunkelheit verschwunden. Pusch, der Gehrmann noch schnell die Hände auf dem Rücken gefesselt und ihm ein Taschentuch in den Mund geschoben hatte, stupste Silvana an.

„Los!"

Silvana rappelte sich hoch und rannte in die Dunkelheit.

„Jetzt du!" Pusch stieß Jan Bodenwald an.

Der sprang auf und lief los, stolperte über einen Ast, fing sich mühevoll ab und hastete weiter bis er vor sich zwei Gestalten erblickte, die hinter einem Gebüsch lagen. Eine halbe Minute später stürzte Gehrmann neben ihnen auf den Boden, Pusch ließ sich ebenfalls fallen.

Brinkert wies mit der Hand in die Finsternis.

„Wir müssen da lang. Etwa zweihundert Meter von hier verläuft ein Weg. Dort werden sie stehen. Also macht leise!"

Er sprang auf und schlich zwischen den Bäumen hindurch. Die anderen folgten ihm in zehn bis fünfzehn Metern Abstand. An einer kleinen Lichtung stoppte die Gruppe. Brinkert hob die Maschinenpistole und starrte auf die gegenüberliegende Baumreihe. Jan Bodenwald fuhr zusammen, als plötzlich neben ihm ein dumpfes Geräusch die Stille durchbrach. Pusch krümmte sich am Boden, während Gehrmann mit gefesselten Händen und gedämpft durch den Knebel im Mund schreiend auf die Lichtung rannte. Zwischen den Bäumen auf der anderen Seite blitzten Mündungsfeuer auf. Der BND-Mann stürzte getroffen zu Boden.

Brinkert hatte sich instinktiv fallen lassen und erwiderte das Feuer. Zwischendurch drehte er sich zu Bodenwald um.

„Los haut ab hier. Wir geben euch Deckung."

Auch Pusch, von dem überraschenden Tritt in den Unterleib kurz außer Gefecht gesetzt, rappelte sich nun wieder auf und brachte seine Waffe in Anschlag. Bodenwald packte die augenscheinlich verwirrte Silvana am Arm und zerrte sie zwischen die Bäume.

Gebückt rannten die beiden davon, während hinter ihnen das Feuergefecht mit unverminderter Intensität weiterging.

Immer wieder über herumliegende Äste stürzend legten sie mehrere hundert Meter zurück. Die Schießerei in der Ferne war inzwischen abgeebbt, als sie auf einen Waldweg stießen.

In der einsetzenden Dämmerung erblickten sie in einiger Entfernung mehrere Autos, die sich beim Näherkommen als Geländefahrzeuge entpuppten. Bodenwald schlich sich im Schutz der Bäume näher heran und konnte lediglich eine einzelne Gestalt ausmachen, die als Wache um die Fahrzeuge herumlief. Er drehte sich zu Silvana um, die hinter ihm geblieben war und deutete auf den Mann. Die Journalistin nickte kurz und schob sich dicht an Jans Ohr.

„Ich lenke ihn ab und du erledigst ihn."

Bevor Bodenwald widersprechen konnte, war Silvana aufgesprungen und trat auf den Weg.

„He, du! Hier bin ich!"

Der Wachposten fuhr herum und ließ sein Sturmgewehr von der Schulter gleiten. Im nächsten Moment kam Bodenwald mit erhobener Pistole hinter den Bäumen hervor.

„Stop! Die Waffe ganz langsam fallen lassen und drei Schritte zurück!"

Der verdutzte Soldat gehorchte. Silvana stürmte nach vorn, hob das G 36 auf und rammte ihm den Kolben ins Gesicht. Stöhnend brach der Posten zusammen.

„Du solltest ihn erledigen! So ist er immer noch eine potentielle Gefahr."

Bodenwald zuckte mit den Schultern und wies auf den Bewusstlosen.

„Es sind schon genug Leute gestorben. Im Moment kann er uns nichts tun. Durchsuch ihn. Vielleicht findest du ja ein paar Autoschlüssel. Dann schnappen wir uns seine Waffe und verschwinden von hier."

Silvana nickte und begann, hektisch in den Taschen ihres Opfers herumzukramen. Triumphierend reckte sie einen Schlüssel in die Höhe. Mühsam wandt sie dem langsam wieder zu sich kommenden Posten die Arme auf den Rücken und fesselte sie notdürftig mit dessen Koppel. Sie drehte den Mann wieder zurück und schaute ihm ins Gesicht.

„Der gehört offenbar auch zur Derwisch-Truppe. Wie ein Deutscher sieht er jedenfalls nicht aus."

Bodenwald winkte ab und wies mit der Pistole auf die Autos.

„Das ist jetzt völlig egal. Wir müssen hier weg."

„Und was ist mit Brinkert und Pusch?"

„Das sind ausgebildete Einzelkämpfer. Die schlagen sich schon durch. Komm jetzt!"

19.

Sie fanden das kleine Hotel irgendwo im tiefsten Süden Brandenburgs, in der Nähe eines verschlafenen Städtchens, dessen Namen sie sich nicht gemerkt hatten, kurz bevor ihrem Geländewagen der Sprit ausging. Der gelangweilte Portier schob grinsend den Zimmerschlüssel über den Tresen, nicht ohne ihnen viel Spaß zu wünschen. Allem Anschein nach hielt er die beiden für ein Pärchen, dass sich in diese einsame Gegend zurückgezogen hatte, um ungestört einen Seitensprung genießen zu können.

Jan Bodenwald ließ sich auf das schmale Doppelbett fallen und schlief auf der Stelle ein, während Silvana noch die Kraft fand, ihren Laptop auszupacken und einzuschalten. Mit zusammengekniffenen Augen starrte sie auf den Bildschirm, während sie alle Dokumente, die sie in den letzten Tagen angelegt hatte, an die E-Mail-Adresse venga@quip.ru schickte. Dann streifte sie die Schuhe von den Füßen und ließ sich neben ihren Begleiter auf das Bett fallen.

Am späten Abend schreckte Bodenwald aus dem Tiefschlaf. Er warf einen Blick auf Silvana, die auf dem Rücken liegend, mit offenem Mund wie ein alter Mann schnarchte. Bevor er die kleine Lampe auf seinem Nachttisch einschaltete, schloss er die Vorhänge, nicht ohne einen Blick auf den leeren Parkplatz vor dem Haus zu werfen.

Auf dem Rückweg von der Toilette entdeckte er auf Silvanas Laptop. Mit einem Tastendruck erweckte Bodenwald den Bildschirm zum Leben und starrte darauf. Offenbar war eine Nachricht von Isidor eingegangen, der dringend mit ihnen reden wollte. Behutsam tippte er mit dem Finger der schlafenden

Silvana an den Oberarm. Die brauchte einige Augenblicke, um zu sich zu kommen. Schließlich setzte sie sich auf und schaute Bodenwald schweigend an. Der zuckte zusammen. In ihrem Blick spiegelten sich für einen Moment die Strapazen der letzten Wochen wider. Sie schien durch ihn hindurch zu blicken. Ihr ursprünglich sonnengebräuntes Gesicht wirkte eigenartig fahl und um ihre Augen herum hatten sich winzige Fältchen in die Haut gegraben, die vor einigen Tagen noch nicht da gewesen waren. Sie schüttelte sich kurz und schaute ihm in die Augen.

„Wie wird es weitergehen? Werden wir jetzt den Rest unseres Lebens auf der Flucht sein? Werden die uns jemals in Ruhe lassen?"

Bodenwald hob die Schultern und streckte die Arme von sich.

„Ich habe keine Ahnung. Mir gefällt die Vorstellung auch nicht. Aber ich kann dir nicht sagen, wie und wann dieser Alptraum hier enden wird. Im Moment müssen wir von Tag zu Tag denken und einfach versuchen, zu überleben. Eine Scheißsituation, ich weiß. Aber wir haben keine Wahl."

Mühsam erhob sie sich von dem Bett und schleppte sich ins Badezimmer. Bodenwald zuckte noch einmal ratlos mit den Schultern und loggte sich in das Spiel ein, über das sie mit Isidor in direkten Kontakt treten konnten. Nebenan rauschte die Toilettenspülung und Silvana kehrte zurück.

„Ganz ehrlich, ich weiß nicht, wie lange ich das hier noch durchstehe. Im Grunde bin ich völlig fertig. Eigentlich möchte ich nur noch, dass es aufhört. Ich kann nicht mehr."

Bodenwald sprang auf und griff nach ihren Schultern.

„Ich verstehe Dich. Aber wir können jetzt nicht einfach aufgeben. Dann schnappen sie uns schneller, als wir gucken können. Wir müssen diesen Scheiß hier irgendwie überstehen und dann versuchen, wieder ein normales Leben zu führen. Halte jetzt bitte durch. Ich brauche Dich, genau so, wie Du mich brauchst. Wir können die ganze Sache nur gemeinsam beenden."

Sie nickte und schaute auf den Laptop.

„Ich glaube, Isidor ist online."

Isidor157 „Schön dass ihr noch lebt. Euer Material ist angekommen. Es ist superheiß."

Balin941 „Kannst du damit etwas anfangen?"

Isidor157 „Natürlich. Ich werde es aufbereiten und veröffentlichen."

Balin 941 „Wir denken, es ist effektiver, wenn es möglichst viele Blogger gleichzeitig online stellen. Kriegst du das hin?"

Isidor 157 „Interessante Idee. Ich denke das geht. Dauert dann aber ein paar Stunden länger."

Balin 941 „Kein Problem. Wir haben nichts weiter vor."

Isidor 157 „Es könnten so an die 30 – 40 Leute gleichzeitig rausbringen. In Ordnung?"

Balin 941 „Super. Und so schnell wie möglich. Aller gleichzeitig. So schnell werden sie nicht alle abschalten können."

Isidor 157 „Es gibt noch schlechte und ganz schlechte Nachrichten."

Balin 941 „???"

Isidor157 „Nach euch wird wegen Mordes gefahndet. Jeder deutsche Polizist ist hinter euch her. Es fiel sogar das Wort Terrorismusverdacht. Also seid vorsichtig."

Balin 941 „Ok und die schlechte?"

Isidor 157 „Das war die schlechte. Die ganz schlechte ist, dass Vukan tot ist. 2 Stunden nachdem er aus der Untersuchungshaft entlassen wurde, hat man ihn in der Nähe seiner Wohnung überfahren."

Balin 941 „Scheiße! Das war bestimmt kein Zufall!"

Isidor 157 „Ganz bestimmt nicht! Also bleibt vorsichtig und behaltet das Netz im Auge. In ein paar Stunden geht der Tanz los. Und verschwindet sofort von da, wo ihr jetzt seid."

„Dann mal los!"

Bodenwald klappte den Laptop zu und schob ihn in Silvanas Rucksack. An der Rezeption schaute ein älterer Mann, augenscheinlich ein Rentner, der sich mit Nachtschichten etwas dazu verdiente, überrascht von seinem Buch auf.

„Wo wollen Sie denn hin, so mitten in der Nacht?"

Silvana hob die Schultern, während sie ihm hundert Euro und den Schlüssel über den Tresen schob.

„Mein Mann hat uns aufgespürt. Bitte tun Sie uns den Gefallen und sagen Sie niemandem, dass Sie uns gesehen haben. Dafür dürfen Sie den Rest behalten. Auf Wiedersehen!"

Bevor der alte Portier etwas entgegnen konnte, waren die beiden in der Dunkelheit verschwunden und hasteten zu ihrem Jeep, den sie ein paar hundert Meter entfernt in einem Waldweg geparkt hatten.

Silvana blieb mit einem Male stehen.

„Meinst du nicht, dass sie das Auto schon gefunden haben? Die Wagen sind sind doch bestimmt mit GPS-Trackern ausgestattet."

Bodenwald rieb sich das Kinn.

„Dann hätten sie uns bestimmt schon im Hotel abgegriffen. Wir müssen das Risiko eingehen."

„Aber wo wollen wir hin? Der Sprit reicht nicht mehr weit."

Er griff ihren Arm und schob sie vorwärts.

„Ich denke, wir schlagen uns bis zum nächsten Bahnhof durch und fahren in eine größere Stadt. Am besten nach Dresden. Dort können wir leichter untertauchen und brauchen kein Auto. Von dort setzen wir uns nach Tschechien ab und dann sehen wir weiter."

„Das klingt zumindest nach einem Plan. Obwohl", Silvana blieb stehen, „meinst Du nicht, dass sie uns auch dort kriegen werden?"

„Mit ihren Mitteln kriegen sie uns irgendwann überall. Egal wo wir uns verstecken. Aber eine andere Idee habe ich gerade nicht."

Sie gingen weiter. Als die Umrisse des Autos zwischen den Bäumen sichtbar wurden, hockte sich Bodenwald hin und zog Silvana zu sich herunter. Er legte den Finger auf seine Lippen.

„Wir müssen herausbekommen, ob irgendwer hier herumlungert und auf uns wartet." flüsterte er ihr ins Ohr. „Bleib dicht hinter mir."

Schritt für Schritt tasteten sie sich durch die Dunkelheit in einem weiten Bogen an den tarnfarbenen Mercedes heran. Mit der Fernbedienung entriegelte Bodenwald die Türen, dann stürmten beide zu dem Fahrzeug und sprangen hinein. Bodenwald startete den Motor und rammte den Ganghebel nach vorn. Mit einem Satz setzte sich der schwere Wagen in Bewegung. Sie atmeten tief durch. Als sie die Straße erreichten, schaltete er das Licht an und gab Gas. Sein Blick glitt zur Tankanzeige.

„Mit etwas Glück schaffen wir noch zwanzig bis dreißig Kilometer. Schau mal nach, ob du eine Art Landkarte findest."

Silvana beugte sich vor und wühlte im Handschuhfach. Triumphierend hielt sie einen Faltplan in die Höhe, der allem Anschein nach schon hunderte Male verkehrt zusammengelegt in die Ablage gestopft wurde.

„Jetzt müssen wir nur noch rausfinden, wo wir sind."

Sie faltete das riesige Papier auseinander und versuchte, im Schimmer der Innenraumbeleuchtung etwas zu erkennen.

„Da, eine Kreuzung!"

Bodenwald stoppte vor einem großen gelben Hinweisschild. Sie blickte auf.

„Bingo! Elsterwerda! Dort gibt es einen Bahnhof, von dem aus Züge nach Dresden fahren. Eine Freundin von mir hat dort studiert und ich habe sie ein paar Mal besucht. Da bin ich hier immer durchgefahren."

Der Motor des schweren Geländewagens erstarb gute drei Kilometer vor der Stadt. Bodenwald ließ den Wagen am Straßenrand ausrollen.

„Das wars! Der Tank ist leer. Ab jetzt müssen wir laufen. Hoffentlich erwischt uns keine Polizeistreife."

Eine knappe Stunde später erreichten sie den menschenleeren Bahnhof. Silvana schlich im Schatten der Gebäude zu einer der Abfahrtstafeln, während Bodenwald den Vorplatz im Auge behielt. Nach zwei Minuten war sie wieder bei ihm.

„Der nächste Zug hält hier in einer Stunde. Bis dahin müssen wir uns irgendwo verstecken."

Er sah sich kurz um uns wies auf eine Baumreihe auf der anderen Seite des Parkplatzes.

„Wir verkriechen uns dort drüben unter den Bäumen. Am Rand des Sportplatzes. Von dort aus haben wir den Bahnhof im Blick. Nur für den Fall, dass die Polizei doch auf die Idee kommt, uns hier zu suchen."

Eine Viertelstunde vor Abfahrt des Zuges tauchten die ersten Pendler auf und verschwanden sofort in dem altertümlichen Gebäude. Bodenwald stupste Silvana an, die an einen Baum gelehnt, eingeschlafen war.

„Wir gehen jetzt los und mischen uns unter die Leute."

In dem Augenblick, als er sich aufrappeln wollte, ließ er sich wieder auf den Boden fallen.

Auf den Bahnhofsvorplatz rollte ein Streifenwagen und stoppte direkt vor dem Eingang. Zwei Polizisten stiegen aus und setzten sich ihre weißen Mützen auf.

Bodenwald fluchte und rutschte auf dem Bauch ein wenig weiter nach vorn, um besser sehen zu können.

„Scheiße, ich habe es geahnt. Die gehen rein."

Silvana rückte dicht an ihn heran.

„Vielleicht suchen sie ja noch nicht nach uns sondern machen eine Routinekontrolle."

Er schüttelte den Kopf.

„Darauf würde ich mich nicht verlassen. Wie lange noch bis zur Abfahrt?"

Sie schaute auf ihre Uhr.

„Noch fünf Minuten. Was wollen wir machen? Auf den nächsten Zug warten?"

„Das dauert zu lange. Wir schleichen uns dort rüber." Er zeigte auf einen Schuppen etwa zehn Meter neben dem Bahnhofsgebäude. „Dann versuchen wir irgendwie unauffällig in den Zug zu kommen. Kurz bevor der abfährt. Alles klar?"

Sie nickte tapfer.

„Also los, kann nicht mehr wie schiefgehen."

Sie pirschten über die Straße und drückten sich eng in den Schatten der Büsche, die eine kleine Grünfläche umgrenzten. Bodenwald spähte in Richtung Bahnsteig. Dort standen neben fünf wartenden Männern die beiden Polizisten.

„Wie lange noch?"

Sie blickte wieder auf die Uhr.

„Drei Minuten."

Er fluchte leise.

„Wir schaffen es nicht, ungesehen in den Zug zu kommen. Die Polizei hat den ganzen Bahnsteig im Blick. Wir müssen sie irgendwie ablenken."

„Und wie willst du das anstellen?"

Bodenwald zog die Pistole, die er von Brinkert bekommen hatte.

„Du willst jetzt nicht im Ernst die beiden erschießen?"

„Natürlich nicht. Ich lenke sie nur ab. Egal was passiert, du steigst in diesen Zug und fährst nach Dresden, verstanden?"

„Was hast du vor?"

„Keine Angst, ich tue niemandem etwas. Versprich mir nur, dass du in diesen Zug steigst. Wie lange noch?"

„Eine Minute. Was hast..."

Bevor Silvana ihren Satz beenden konnte, hatte sich Bodenwald bereits umgedreht und hastete zum Bahnhofsvorplatz. Wenige Augenblicke später rollte der Zug heran. Silvana beobachtete die Polizisten, die aufmerksam den Bahnsteig observierten, als plötzlich zwei Schüsse fielen. Wie auf Kommando zogen die beiden Beamten ihre Waffen und stürmten durch das Bahnhofsgebäude in Richtung Vorplatz. Silvana verließ ihre Deckung und hastete auf den Zug zu, der keine drei Meter vor ihr stoppte. Sie drückte hektisch auf den Türöffner und wartete eine gefühlte Ewigkeit, bis sie endlich in den Waggon steigen konnte. Wie erhofft waren nur einige Plätze besetzt. Die wenigen Reisenden schliefen oder starrten auf ihre Smartphones. Der Zug ruckte an und Silvana war sich nicht sicher, ob Jan Bodenwald es geschafft hatte. Drei Minuten später ließ er sich auf den Sitz gegenüber fallen.

„Hier war doch noch frei, oder?"

„Du Arsch! Ich hatte echt Angst um Dich. Was hast du gemacht?"

„Ich habe einfach im Vorbeilaufen ihre Reifen zerschossen und bin dann hinten herum um das Gebäude. Habe gerade so die letzte Tür erwischt, bevor der Zug abgefahren ist."

Mit zehn Minuten Verspätung rollte der Regionalzug in den Dresdener Hauptbahnhof. Trotz der frühen Stunde war er zum Bersten mit Menschen gefüllt, die offensichtlich alle auf dem Weg zu ihren Arbeitsstellen in der sächsischen Landeshauptstadt waren. Die Wagentüren öffneten sich und spien eine dunkle Masse müder Reisender auf den Bahnsteig, unter die sich Silvana Renk und Jan Bodenwald mischten. Schon bei der Einfahrt in den Bahnhof fielen ihnen die vielen schwer bewaffneten Polizisten auf, die aufmerksam den ankommenden Zug musterten.

„Meinst Du, die sind wegen uns hier?"

Silvana schob ihre langen blonden Haare unter ihre Jacke und schlug den Kragen hoch.

Jan Bodenwald nickte nachdenklich.

„Davon gehe ich aus. Schließlich hatten die Bullen in Elsterwerda genug Zeit, um hier anzurufen. Wir hätte doch lieber früher aussteigen sollen."

Silvana griff nach ihrem Rucksack.

„Am besten wir trennen uns. Dieses Mal lenke ich sie ab und Du versuchst, unerkannt aus dem Bahnhof zu kommen. Wir treffen uns in einer Stunde am Rundkino in der Prager Straße. Weißt Du, wo das ist?"

Er nickte nur und starrte weiter aus dem Fenster. Sie schulterte ihren Rucksack.

173

„Wenn ich nicht da bin, haben sie mich geschnappt. Dann musst Du Dich allein durchschlagen. Viel Glück!"

Sie hauchte ihm einen Kuss auf die Wange und kämpfte sich durch die Reisenden, die sich inzwischen fast alle erhoben hatten, um auszusteigen, in den hinteren Teil des Zuges.

Jan Bodenwald versuchte, mit dem Menschenstrom mitzuschwimmen, der sich in Richtung des Kopfbahnsteiges bewegte. Dort hatte sich eine Kette von Uniformierten aufgebaut und beobachtete den Pulk, der auf sie zu rollte. Plötzlich ertönten vom entfernten Ende des Bahnsteiges die Schreie einer Frau. Jan Bodenwald erkannte sofort Silvanas Stimme. Wie alle anderen drehte er sich um. Etwa dreißig Meter von ihm weg wälzte sich seine Partnerin, verkeilt mit einer unbekannten Gestalt am Boden und schrie wie am Spieß. Er verstand nur: „Ein Messer! Er hat ein Messer! Hilfe!"

Die Polizisten vor ihm gaben sofort ihre Ordnung auf und stürmten auf den Bahnsteig. Jan Bodenwald beschleunigte seinen Schritt und musste sich zusammenreißen, um nicht loszurennen und dadurch die Beamten auf ihn aufmerksam zu machen. Aus dem Augenwinkel sah er noch, dass sich Silvana aufgerappelt hatte und wie in Panik auf die Gleise hinter dem Zug sprang, mit dem sie eben angekommen waren. Zurück blieb ein auf dem Boden liegender, vollkommen verdutzter Mann, um den im nächsten Moment eine Gruppe schwer bewaffneter Polizisten einen Kreis bildete und ihre Maschinenpistolen auf ihn richtete.

Jan Bodenwald verließ unerkannt das gewaltige Gebäude des Hauptbahnhofes und sah sich um. Aus seiner Kindheit kannte er die Prager Straße noch als einen großen, offenen Boulevard, der von hoch aufragenden Hotels flankiert wurde und an dessen Ende in Richtung der Altstadt der futuristisch anmutende Zylinder des Rundkinos aufragte. Jetzt musste er irritiert feststellen, dass mitten auf dem ehemals freien Platz ein riesiges, monströses Einkaufszentrum stand, in dessen Schatten das Kino, einstmals ein Blickfang inmitten der doch recht einheitlichen DDR-Architektur, kaum noch zur Geltung kam. Er hastete los und schlug dabei einen weiten Bogen um die zahlreichen Polizeifahrzeuge, die eine komplette Seitenstraße neben dem Bahnhof verstopften. Sein Blick streifte immer wieder über die Menschenmassen, allerdings er konnte Silvana nirgends ausmachen. Um nicht doch noch aufzufallen, ließ er sich von dem Strom der Menschen in Richtung der Prager Straße treiben. Aus einem Bäckerladen umwehte ihn eine verführerische Wolke von Kaffeeduft und er gab der Versuchung nach und erstand einen Becher, dessen Inhalt er unterwegs hastig herunterschluckte. Wenige Minuten später erreichte er das Rundkino. Suchend ging er einmal um den gesamten Bau herum und wäre um ein Haar mit Silvana zusammengeprallt, die sich mit einem spöttischen Grinsen vor ihm aufbaute.

„Ach, der Herr hat sich noch einen Kaffee gegönnt, während ich mit einer Zirkusnummer eine ganze Polizeihundertschaft abgelenkt habe."

Er verschluckte sich beinahe, warf den Becher in einen Papierkorb und schloss sie spontan in die Arme.

„Ich hätte nicht gedacht, dich so schnell wiederzusehen. Wie hast du das hingekriegt?"

Sie zuckte mit den Schultern.

„Ich habe irgend so einen armen Kerl ganz am Ende des Zuges von hinten angesprungen, zu Boden gerissen und angefangen zu schreien. Das Thema Messer kommt ja grade richtig gut. Dann bin ich wieder hoch und hinter dem Zug verschwunden. Komischerweise haben mich die Bullen gar nicht beachtet. Die haben sich bloß um diesen ahnungslosen Typen gekümmert, der jetzt hoffentlich nicht allzu viel Ärger bekommt. Und jetzt lass uns erst einmal aus der Gegend verschwinden, bevor sie hier alles absuchen!"

Sie marschierten los in Richtung Altmarkt und betraten ein um diese Zeit spärlich besetztes McDonalds-Restaurant. Während sich Silvana in eine ruhige Ecke zurückzog und ihren Laptop aufklappte, besorgte Jan Bodenwald für sie beide ein halbwegs brauchbares Frühstück. Als er mit dem vollbeladenen Tablett an den Tisch trat, schaute sie zu ihm auf.

„Was wollen wir jetzt machen? Kennst Du jemanden hier in der Stadt, dem Du vertrauen kannst?"

Er zuckte mit den Schultern.

„Früher hatte ich mal Freunde hier in der Nähe. Aber der Kontakt ist schon lange eingeschlafen. Sie hatten irgendwann soviel mit sich selbst zu tun, dass ihnen angeblich keine Zeit mehr geblieben ist, um sich mit mir abzugeben. Das haben sie mich dann auch mal recht deutlich wissen lassen. Seitdem habe ich nichts mehr von ihnen gehört."

„Kannst Du mal bei Ihnen anfragen?"

Er schüttelte den Kopf.

„Das bringt nichts. Die arbeiten beide im Staatsdienst und werden bestimmt nicht ihre Karrieren gefährden, um mir zu helfen. Da müssen wir uns etwas anderes einfallen lassen."

Sie wiegte den Kopf.

„Unser Geld reicht noch für ein preiswertes Hotel. Aber dann brauchen wir dringend eine Idee, wie es weitergehen soll. Ich werde mal recherchieren."

Nach kurzer Suche wies sie auf den Bildschirm.

„Na bitte. Schau mal hier!" Silvana drehte den Laptop in Bodenwalds Richtung und schob sich eine Gabel Rührei in den Mund.

„Irgendwie ist dieses künstliche Zeug eklig. Wenn ich nicht solchen Hunger hätte, würde ich das gar nicht anrühren."

Jan Bodenwald nickte und starrte abwesend auf den Bildschirm.

„Ist ein ganzes Ende weg von hier. Aber gut gelegen, weil es direkt an ein Waldstück grenzt. Das ist von Vorteil, wenn wir wieder schnell verschwinden müssen Allerdings sind wir bestimmt zwei Stunden unterwegs, wenn wir zu Fuß gehen."

Sie hob die Schultern.

„Das ist aber am sichersten. Außerdem fällt es auf, wenn wir schon am frühen Vormittag einchecken. Wir essen in ruhe auf und laufen los. Sonst haben wir ja nichts weiter vor, oder?"

20.

Sichtlich erschöpft erreichten sie das Hotel am westlichen Stadtrand gegen Mittag. Und tatsächlich gab es noch einige freie Zimmer. An der Rezeption spielten Silvana und Jan wieder einmal das glückliche Pärchen, das auf der Suche nach einem verschwiegenen Liebesnest war. Sie schwärmten von der Schönheit der Stadt an der Elbe und fragten nach den Möglichkeiten, einsame Wanderwege zu finden. Wie schon am Vorabend im südlichen Brandenburg sanken beide, vollkommen erschöpft von der nervenaufreibenden Flucht und dem langen Fußmarsch auf das breite Doppelbett und schliefen sofort ein.

Jan Bodenwald erwachte am frühen Abend und warf einen Blick auf seine Partnerin, die leise schnarchend auf ihrem Kissen lag. Er erhob sich und ging ins Badezimmer. Wieder zurück blickte er sich suchend im Zimmer um. Gelangweilt griff er nach der Fernbedienung und schaltete den Fernseher ein. Erschrocken starrte er auf den Bildschirm. Er wechselte auf einen anderen Kanal und bekam die die gleichen Bilder serviert, nur der Kommentator hatte gewechselt. Ohne den Blick vom Fernseher zu wenden, rüttelte er Silvana sanft an der Schulter.

„He, schnell wach auf! Das musst Du sehen."

Verwirrt hob sie den Kopf.

„Was ist passiert? Gibt es Neuigkeiten wegen unserer Veröffentlichung?"

Aufgeregt wies er auf den Fernseher.

„Es gab einen Anschlag in Berlin. Unter den Linden ist eine Autobombe explodiert. Sie sprechen von vielen Toten und Verletzten."

Mit einem Ruck setzte sich Silvana auf.

„Oh mein Gott, das sieht ja schlimm aus. Wann ist das passiert?"

„Vor einer halben Stunde. Angeblich ist ein weißer Transporter in die Luft geflogen und hat ein komplettes Haus zerstört."

Silvana sprang aus dem Bett und begann wie eine Verrückte lauthals fluchend durch das Zimmer zu laufen.

„Verdammt! Verdammt! Verdammt! Wie konnten sie das tun?"

Irritiert schaute er sie an.

„Was ist los mit Dir?"

Sie blieb abrupt stehen und wies auf den Fernseher.

„Kapierst Du nicht, was da läuft? Mit dem Anschlag haben sie automatisch unsere Veröffentlichung des Derwisch-Projektes aus dem Fokus gedrückt. Das Thema interessiert kein Schwein mehr, weil in den nächsten Wochen alle nur noch über die Autobombe in Berlin sprechen werden. Diese Schweine haben dort dutzende unschuldiger Menschen geopfert, nur um die Öffentlichkeit von einer noch viel größeren Sache abzulenken!"

Er schüttelte den Kopf.

„Wie kommst Du darauf? Vielleicht gibt es da ja gar keinen Zusammenhang."

Sie beugte sich zu ihm herunter. Ihr Blick jagte ihm einen Schauer über den Rücken.

„Ich glaube nicht an Zufälle. Letzte Nacht haben eine Menge Blogger die Derwisch-Sache öffentlich gemacht und heute Nachmittag, noch bevor die Medien darüber berichten konnten, fliegt in Berlin ein Auto in die Luft. Die Typen gehen über Leichen. Wir müssen sehen, dass wir Deutschland schnellstmöglich verlassen. Und wir dürfen nie wiederkommen.

Gegen dieses System kann man nicht gewinnen. Sie haben alles unter Kontrolle und wir haben nicht die Spur einer Chance. Wenn es dazu noch eines Beweises bedurft hätte, dann hast Du ihn dort."

Ihr Finger stach in Richtung des Bildschirmes, auf dem schwarze Rauchwolken aus einem zerstörten Gebäude über eine von Berlins Prachtstraßen zogen.

Die folgenden Stunden starrten beide wie gebannt auf den Fernseher. Silvana, die mittlerweile die Fernbedienung an sich genommen hatte, schaltete von einem Sender zum nächsten. Alle berichteten über den Anschlag. Im Laufe des späten Abends vermeldeten die Kommentatoren zweiundvierzig Tote und mehr als vierhundert Verletzte. Für den nächsten Morgen wurde eine Pressekonferenz der Polizei angekündigt.

Gleich nach dem Frühstück hängte Silvana das „Bitte nicht stören"-Schild an die Türklinke und schaltete den Fernseher ein. Noch immer berichteten alle Sender von dem Attentat. Mittlerweile hatten sämtliche TV- und Radiosender ihre Starreporter nach Berlin gesandt. Die drängten sich jetzt in einem großen Saal vor einem Tisch mit Namensschildern und Bündeln von Mikrofonen.

Jan Bodenwald stand am Fenster und beobachtete den auf der Straße vorbeifließenden Verkehr.

„Glaubst Du, sie haben schon eine Spur?"

Silvana schüttelte den Kopf.

„Die werden eine Menge Nebelkerzen zünden. Aber letzten Endes wird die Sache nie wirklich aufgeklärt. Das Ziel haben sie schon erreicht. Die Öffentlichkeit vom Derwisch-Projekt abzulenken."

Jan Bodenwald kramte in seiner Jackentasche und fand schließlich, was er suchte. Er entfaltete den zerknitterten Zettel und versuchte, die Telefonnummer zu entziffern.

Silvana schaute ihm über die Schulter.

„Was hast du da?"

„Eine Handynummer, die ich anrufen soll, wenn ich in Schwierigkeiten bin."

„Und wer geht da ran? Die Polizei, der KGB oder James Bond persönlich?"

„Keine Ahnung. Ich habe sie kurz nach Ingas Tod von dem Unbekannten im Kino bekommen. Er wusste immerhin schon etwas über Derwisch."

Die Pressekonferenz begann und Bodenwald setzte sich neben Silvana auf das Bett. Ein Sprecher der Polizei berichtete von mittlerweile einundfünfzig Toten und vierhundertzweiundachtzig Verletzten. Ein Gebäude sei total zerstört und mehrere andere schwer in Mitleidenschaft gezogen worden. Die Ermittlungen nach den Tätern liefen in alle Richtungen. Ein Journalist fragte nach möglichen Spuren.

„Bestimmt haben sie wieder irgendwo einen Pass gefunden." zischte Silvana, „Ist doch immer so in solchen Fällen."

Der Polizeisprecher räusperte sich und verwies an seinen Kollegen vom Staatsschutz. Der zog sich ein Mikrofon heran.

„Es gibt Hinweise auf ein Pärchen, das zumindest als Drahtzieher in Betracht kommt. Die beiden haben sich am gestrigen Tage mehrfach dem polizeilichen Zugriff entzogen und sind derzeit auf der Flucht vermutlich im Südosten Deutschlands.

Wir haben bereits alle Grenzübergänge, Bahnhöfe und Flughäfen abgeriegelt. Die beiden sind bewaffnet und gefährlich."

Auf gewaltigen Bildschirmen, die links und rechts von dem Tisch aufgestellt waren, erschienen die Gesichter eines Mannes und einer Frau.

Jan Bodenwald und Silvana Renk erstarrten. Ihre Konterfeis schauten just in diesem Moment aus jedem eingeschalteten Fernsehgerät in Europa. Nach einer Minute, in der sie wie gelähmt in ihre eigenen Gesichter geblickt hatten, sprangen sie auf und rafften wortlos ihre wenigen Sachen zusammen. Silvana wies auf den Zettel mit der Handynummer, der immer noch vor ihnen auf dem Tisch lag. „Vielleicht solltest du jetzt mal den geheimnisvollen Unbekannten anrufen. Wir könnten möglicherweise etwas Hilfe gebrauchen.."

Unter dem Fenster hörte man bereits Autotüren klappen. Jan Bodenwald schaute hinaus, während er mit dem Zimmertelefon die Nummer wählte.

„Sie sind schon da!"

Fluchend warf er den Telefonhörer beiseite.

„Mist, jemand hat mich weggedrückt. Hätte ich mir denken können!"

In der Tat hielt vor dem Haus ein Streifenwagen der sächsischen Polizei. Die beiden Beamten standen vor dem geöffneten Kofferraum und legten ihre Schutzwesten an. Silvana trat ebenfalls ans Fenster.

„Da hat die Rezeption aber schnell reagiert! Ich denke, die werden warten, bis das SEK eintrifft. Wir müssen gleich verschwinden! ich glaube nicht, dass sie vorhaben, uns lebend zu fassen."

Bevor sie das Zimmer verließen, warf Jan Bodenwald einen letzten Blick aus dem Fenster. Die Zahl der Streifenwagen war inzwischen auf drei angewachsen. Die ersten Polizisten machten sich mit Maschinenpistolen im Anschlag auf den Weg in die Hotelhalle. Jan Bodenwald und Silvana Renk stürmten den Gang im ersten Stock entlang. Vor einem Fenster stoppten sie. Direkt dahinter lag das Dach des Verbindungsganges, der vom Haupthaus zum Restaurant führte. Bodenwald riss es auf und schwang sich auf das Fensterbrett. Er stieg hinaus und reichte Silvana, die ihm folgte, die Hand. Beide blickten auf die Terrasse etwa drei Meter unter ihnen.

„Wir müssen es riskieren. Ich gehe vor und fange dich auf." Jan Bodenwald setzte sich auf den Rand des Daches und glitt langsam hinunter. Er schlug hart auf den Boden, rollte sich wie ein Fallschirmspringer bei der Landung zur Seite ab und war sofort wieder auf den Beinen. Dann streckte er Silvana, die bereits über die Dachkante rutschte, die Arme entgegen. Als sie sich fallen ließ, kamen beide ins Straucheln und stürzten hintenüber zu Boden. Während sie sich aufrappelten, sahen sie einen Polizisten durch den Verbindungsgang stürmen. Der stockte, wandte sich ihnen zu, fand jedoch so schnell keine Tür nach draußen. Diesen Moment nutzten die beiden und rannten in Richtung Wald. Hinter ihnen fielen Schüsse. Ein weiterer Polizist war um die Ecke gekommen, offenbar mit dem Auftrag die Rückseite zu sichern. Der eröffnete sofort das Feuer auf die Fliehenden. Allerdings waren die schon zwischen den Bäumen verschwunden. Jan Bodenwald und Silvana Renk rannten, was die Lungen hergaben den Wanderweg durch den Wald entlang eines schmalen Baches, als sie hinter sich das Brummen eines

Hubschraubers hörten. Bodenwald zerrte seine Begleiterin ins Unterholz. Schwer atmend ließen sie sich in ein paar Büsche fallen.

„Was machen wir jetzt?" japste Silvana.

„Wir müssen erst einmal unter den Bäumen bleiben. Dann sieht uns vielleicht der Helikopter nicht."

Der kreiste allerdings bereits bedenklich tief über den Baumkronen.

Bodenwald stieß sich hoch und packte Silvana am Arm.

„Los, wir müssen weiter! Gleich werden sie hier sein!"

Sie rappelte sich auf und setzte sich in Bewegung, wobei sie immer wieder nach oben schaute. Der Polizeihubschrauber war direkt über ihren Köpfen. Durch die Bäume konnten sie einzelne Häuser erkennen, dahinter streckte sich ein freies Feld. Ihnen blieb also nur die Deckung durch die schmaler werdende Baumreihe. Zu allem Überfluss näherte sich von irgendwoher das Geräusch eines zweiten Hubschraubers. Tatsächlich landete der eine Minute später etwa zweihundert Meter entfernt auf einer Lichtung.

Die Fliehenden wandten sich nach rechts und stürmten in Richtung eines augenscheinlich verwahrlosten Grundstückes. Dieser Schwenk hatte den Piloten des Hubschraubers über ihnen offenbar überrascht, denn für einen Moment flog der weiter in die ursprüngliche Richtung. Jan Bodenwald und Silvana Renk blieben einen Augenblick lang im Schatten eines hohen Baumes stehen, um Luft zu schöpfen. Vor ihnen lag ein Anwesen, das wohl schon seit längerer Zeit nicht mehr bewohnt war und von den Nachbarn als illegale Müllhalde genutzt wurde. Überall stapelten sich Säcke mit Unrat, alte Autoreifen und ein ausgeschlachteter Passat zierten die mit Unkraut überwucherte Fläche. Der Hubschrauber drehte weiter suchend seine Runden über den Bäumen und aus Richtung der Lichtung drangen Stimmen. Offensichtlich hatte der zweite Helikopter dort Polizisten abgesetzt, die ihnen den Weg abschneiden sollten.

„Da lang!" Jan Bodenwald zeigte auf einen kleinen freien Platz, keine zwanzig Meter von dem verlassenen Grundstück entfernt. Dort stoppte gerade ein zerbeulter Ford Mondeo mit einem Rentner am Steuer. Im gleichen Augenblick, als die beiden losstürmten, bog ein schwarzer VW-Bus mit dunkel getönten Scheiben um die Ecke und steuerte direkt auf sie zu. Der Wagen stoppte einen Meter vor ihnen, die Schiebetür wurde aufgerissen und ein Mann in dunkler Hose und weißem Hemd winkte sie mit beiden Händen heran.

„Springen Sie rein! Schnell! Die Polizei ist gleich hier!"

Ohne lange zu überlegen hechteten Jan Bodenwald und Silvana Renk in den Bus, der wieder anfuhr, bevor die Tür komplett geschlossen war. Bodenwald blickte auf. Am Steuer saß eine junge blonde Frau, die er spontan auf Anfang dreißig schätzte. Die Fahrerin gab Gas und wäre um Haaresbreite mit einem weiteren Polizeiwagen zusammengestoßen, als sie auf die Hauptstraße kurvte. Inzwischen hatte sie auch der Hubschrauber wieder entdeckt und flog in ihre Richtung. Der Mann im weißen Hemd packte Bodenwald an der Schulter.

„Hören Sie mir jetzt zu! In einer Minute fahren wir unter einer Autobahnbrücke hindurch. Dort wird Kate kurz stoppen und wir drei springen hinaus. Kurz darauf wird ein anderer Wagen kommen, in den wir dann einsteigen. Es gibt keine andere Chance, den Helikopter loszuwerden. Machen Sie sich bereit!"

Im nächsten Moment riss die Fahrerin das Steuer so heftig nach rechts, dass der Bus beinahe umgekippt wäre. Dann trat sie das Gas voll durch, um nach etwa zweihundert Metern direkt unter der Autobahn eine Vollbremsung zu machen. Der Unbekannte im weißen Hemd zog schon vorher mit einem Ruck die Schiebetür auf, packte seine beiden neuen Begleiter an den Armen und sprang aus dem Transporter, bevor dieser richtig zum stehen gekommen war. Alle drei stürzten auf den Randstreifen, während sich der schwarze VW, verfolgt von dem Hubschrauber, bereits wieder entfernte. Keuchend erhob sich Bodenwald und rieb sich den Ellenbogen, mit dem er sich ungewollt auf dem harten Boden abgefangen hatte.

„Wer sind Sie?" fragte er ihren Retter, der gerade dabei war, Silvana beim Aufstehen zu helfen.

Der junge Mann, dessen weißes Hemd bei dem Sprung ebenfalls gelitten hatte, winkte ab und zog sein Smartphone. Er tippte eine kurze Mitteilung und wandte sich dann seinen Begleitern zu.

„Das erkläre ich Ihnen später. Jetzt müssen wir erst einmal hier weg."

Wenige Augenblicke später stoppte ein weißer Audi Q7 direkt vor ihnen. Ihr Retter drängte sie in den Fond. Er selbst kletterte auf den Beifahrersitz. Als der Fahrer wieder Gas gab, lehnte er sich zurück und atmete tief aus. Dann drehte er sich zu Jan Bodenwald und Silvana Renk um, die ob ihrer Rettung immer noch ohne jeden Zweifel verwirrt waren.

„Das war verdammt knapp, nicht wahr?" Er grinste.

„Bitte entschuldigen Sie meine Unhöflichkeit. Mein Name ist Henk van Dujn."

Silvana fand als erste die Sprache wieder und beugte sich nach vorn.

„Sind Sie Holländer? Und warum helfen Sie uns?"

„Nein Madam. Ich bin Südafrikaner. Sie sind ab sofort in der Obhut der State Security Agency."

Jan Bodenwald hatte inzwischen ebenfalls die Fassung wiedergewonnen und schaltete sich in das Gespräch ein.

„Was soll das sein? Eine Art südafrikanische CIA?"

Van Dujn lächelte.

„So in der Art. Wir sind vom Nachrichtendienst der Republik Südafrika. Jetzt bringen wir Sie erst einmal in ein sicheres Haus in Tschechien. Dort können Sie etwas zur Ruhe kommen und sich von den Strapazen erholen. Dabei werden Sie auch alle Fragen los, die Ihnen verständlicherweise auf den Nägeln brennen."

Bodenwalds Augen verengten sich zu Schlitzen.

„Und wie geht es dann weiter? Sie haben uns ja bestimmt nicht aus purem Zufall den Arsch gerettet."

Wieder lächelte van Dujn vielsagend.

„Natürlich nicht. Danach sehen wir weiter. Aber wie es aussieht, werden Sie bei einer Rückkehr nach Deutschland nicht unbedingt mit offenen Armen empfangen. Wahrscheinlich werden Sie noch nicht einmal verhaftet, sondern gleich aus Notwehr erschossen."

Der Fahrer beugte sich zu van Dujn herüber und sagte etwas in einer Sprache, die Jan Bodenwald und Silvana Renk nicht verstanden. Der Agent gab eine kurze Anweisung und drehte sich wieder nach hinten um.

„Ich muss Sie bitten, sich flach auf den Sitz zu legen. Wir nähern uns einer Polizeikontrolle. Seit dem Anschlag in Berlin sind die Sicherheitsvorkehrungen hochgefahren worden. Aber keine Sorge, wir haben ein Diplomatenkennzeichen und dürfen nicht angehalten werden."

Tatsächlich trat der Fahrer m nächsten Moment heftig auf die Bremse, ohne jedoch direkt zu stoppen. Bodenwald, der zusammen mit Silvana hinter den Vordersitzen kauerte, bemerkte, wie der schwere Wagen einige Schlenker fuhr, bevor er wieder beschleunigte.

Van Dujn schaute zu den beiden herunter.

„Vielen Dank! Sie können sich wieder aufrecht hinsetzen. In ein paar Minuten haben wir Deutschland verlassen und Sie damit vorerst in Sicherheit gebracht. Möchten Sie etwas trinken?"

Er hielt ihnen zwei Flaschen Wasser entgegen. Silvana griff als erste zu und nahm einen gewaltigen Schluck.

„Was haben Sie denn mit uns vor?"

Der Südafrikaner strich sich durch die Haare.

„Wir werden Ihnen ein Angebot machen. Aber dazu später. Erst einmal ruhen Sie sich aus."

Das sichere Haus entpuppte sich als eine moderne Eigentumswohnung in einem Prager Vorort. Man ließ Jan Bodenwald und Silvana Renk zwei Tage lang in Ruhe, abgesehen von einem ständig mürrisch dreinblickenden Schwarzen, der laut Aussage Henk van Dujns lediglich die Aufgabe hatte, sie vor ungebetenen Besuchern zu schützen. Sie empfingen in ihrer neuen Residenz unter anderem deutsches Fernsehen und konnten so verfolgen, dass nach ihnen noch immer wegen Terrorverdachts gefahndet wurde. Von der Polizeiaktion in Dresden war in keiner der vielen Spezialsondersendungen und auch nicht in den Nachrichten die Rede.

Van Dujn kam am dritten Tag nach ihrer Rettung in Begleitung einer etwa fünfzigjährigen dunkelhäutigen Frau zum Frühstück. Die beiden schenkten sich wie selbstverständlich einen Becher Kaffee ein und setzten sich zu ihren deutschen Gästen an den Frühstückstisch.

Henk lächelte wie schon bei ihrer ersten Begegnung.

„Das ist mein Boss, Miss Miriam Mbeki. Sie haben jetzt die Chance, ihr alle Fragen zu stellen, die Sie bedrücken. Wir werden versuchen, Ihnen die Antworten zu liefern, die uns möglich sind."

Henks Chefin räusperte sich kurz und hob die Hand.

„Vielleicht sollte ich Ihnen zunächst vorab ein paar Sachen erklären. Damit haben sich dann möglicherweise schon eine Menge Fragen erledigt. Und bitte entschuldigen Sie mein schlechtes Deutsch. Es ist schon eine Weile her, dass ich es gebraucht habe."

Sie nahm einen Schluck Kaffee und blickte in die Runde.

„Zunächst einmal eine traurige Nachricht. General Baumann, mit dem Sie ja auch ein ausführliches Gespräch hatten, sollte ebenfalls verhaftet werden. Offiziell hat er sich unmittelbar vor seiner Festnahme erschossen. Nach seinen beiden Mittätern, also den Personen, die Ihnen geholfen haben, wird noch immer gefahndet. Sie haben das Gefecht im Wald also offenbar überlebt und konnten entkommen. Die deutschen Behörden gehen momentan massiv gegen die Bloggerszene vor, also alle diejenigen, die das Derwisch-Projekt enthüllt haben. Um so mehr freuen wir uns, wenigstens Sie beide aus Deutschland herausgeholt zu haben. Uns geht es vor allem um Sie, Herr Bodenwald. Sie haben einige Fähigkeiten, die für die Republik Südafrika interessant sind. Deshalb beobachten wir Sie auch schon seit einiger Zeit und mussten mit ansehen, wie Sie nach dem Tod Ihrer Freundin in die Verschwörung von führenden Personen in den deutschen Sicherheitsbehörden hineingezogen wurden. Leider konnten wir, außer einem anonymem Tipp, zunächst nicht viel für Sie tun. Sie erinnern sich bestimmt an das kurze Gespräch in dem Rostocker Kino?"

Jan Bodenwald starrte die dunkelhäutige Frau an wie ein Wesen von einem anderen Planeten.

„Das waren Sie?"

„Nicht ich direkt, aber einer meiner Mitarbeiter. Auf meine Weisung hin. Wir wollten Sie einfach auf die richtige Spur setzen. Durch den Mord an Miss Kilian waren Sie plötzlich auf dem Radar der Verschwörer. Wir wollten Ihnen mit unserem Hinweis quasi eine Warnung zukommen lassen, dass da eine größere Sache im Gange ist."

„Damit haben Sie mich aber erst recht in Gefahr gebracht." Jan Bodenwald umklammerte seinen Kaffeebecher.

„Irrtum. In Gefahr waren Sie schon längst. Wir hatten Sie während der ganzen Zeit ständig im Auge. Natürlich hätten wir Ihnen nicht zu jeder Zeit das Leben retten können. Dazu reichen unsere Mittel bei weitem nicht. Aber wir konnten Sie immerhin vor einer Verhaftung oder sogar vor dem Tod retten. Durch Ihren Anruf konnten wir Sie genau lokalisieren und Ihnen zur Hilfe kommen. Denn die Behörden hatten nicht vor, Sie lebend der Öffentlichkeit zu präsentieren. Da wäre zu schnell herausgekommen, dass Sie unschuldig sind. Die hätten mit Ihnen die Amri-Masche durchgezogen. Also bei der Verhaftung erschießen. Immerhin wurde ja in jedem Fahndungsaufruf betont, dass Sie bewaffnet und gefährlich sind."

Silvana rutschte unruhig auf ihrem Stuhl umher.

„Warum konnten Sie uns denn nicht schon früher herausholen?"

„Gute Frage." Miriam Mbeki stand auf und füllte ihren Kaffeebecher nach. „Wir hatten keine Gelegenheit. Außerdem haben nicht einmal wir geglaubt, dass die Deutschen so weit gehen und in Berlin eine Bombe zünden, um das mediale Interesse von der Derwisch-Geschichte abzulenken. Aber wir haben einen Kontakt ganz oben bei der Bundespolizei. Der hat uns über die Ermittlungen quasi in Echtzeit auf dem Laufenden gehalten. Deshalb waren wir in Dresden auch so schnell vor Ort."

„Und was haben Sie jetzt mit mir vor? Bieten Sie mir einen Job an?"

Jan Bodenwald holte sich ebenfalls einen neuen Becher Kaffee.

„Genau das ist unser Plan, In Südafrika werden gleichfalls Helikopter gebaut und wir verfolgen Ihre Arbeit schon seit geraumer Zeit. Die Denel Aerospace Systems, übrigens ein Konzern in der Hand des Staates, würde sich glücklich schätzen, wenn Sie eine Tätigkeit bei uns in Erwägung zögen."

Bodenwald rieb sich das Kinn.

„Naja, welche anderen Optionen habe ich denn?"

Henk van Dujn setzte wieder einmal sein breites Grinsen auf.

„Nicht viele. Eigentlich nur die, vor die Tür zu gehen und von irgend einem deutschen Agenten erschossen zu werden. Sie haben sich mit einem Gegner angelegt, gegen den Sie nicht gewinnen können. Die haben ihre Leute überall, wie Sie bestimmt bemerkt haben."

„Können Sie für unseren Schutz garantieren?"

Miriam Mbeki hob die Hände.

„Wir werden unser bestmöglichstes tun, damit Ihnen nichts passiert. Aber garantieren kann Ihnen niemand etwas."

Jan Bodenwald blickte Silvana Renk in die Augen.

„Wenigstens sind sie ehrlich, nicht wahr?"

21.

Jan Bodenwald stieg aus dem Auto und schloss das Garagentor. Mit zusammengekniffenen Augen blinzelte er in den blauen Himmel und überlegte, ob er heute noch den Grill anwerfen würde. Erst vor zwei Monaten waren Silvana und er hierher nach Centurio südlich von Pretoria gezogen, in ein Haus, das ihm sein neuer Arbeitgeber zur Verfügung gestellt hatte. In den ersten Wochen nach ihrer Flucht aus Deutschland wohnten beide in einem Apartment, das zwar luxuriös eingerichtet war, für sie auf die Dauer jedoch zu klein wurde.

Jan Bodenwald trat seinen Job als Entwicklungsingenieur bei dem staatlichen Rüstungskonzern Denel Aerospace Systems erst an, nachdem er sich einige Wochen von den Strapazen der Ereignisse erholen konnte, die ihm gesundheitlich erheblich zugesetzt hatten. Die Südafrikaner ließen ihm Zeit, behielten ihn und Silvana jedoch die ganze Zeit im Auge. Der Geheimdienst leistete ganze Arbeit. Sie bekamen direkt nach ihrer Ankunft neue Pässe, die sie als Tom und Janet Reding auswiesen, neue Führerscheine und sogar ein Auto, mit dem sie in den ersten Wochen ausgedehnte Fahrten unternahmen.

Dies und die Ablenkung durch den neuen Job, Jan Bodenwald befasste sich für seine Firma wieder mit der Weiterentwicklung von Rotorblättern für Helikopter, sorgten dafür, dass die Ereignisse in Deutschland für sie in immer weitere Ferne rückten. Beide sprachen nur noch selten darüber, obwohl jeder von Zeit zu Zeit seinen Gedanken nachhing. Silvana verbrachte viele Stunden vor dem Computer, hatte sich allerdings verpflichten müssen, nicht mehr als Bloggerin aktiv zu sein. Auch wenn es sie immer wieder in den Fingern juckte, ihre Erlebnisse in die Tastatur zu klicken, hielt sie sich daran. Vor kurzem hatte sie eine Stelle als Redakteurin einer kleinen Tageszeitung angenommen, allerdings vorerst halbtags, um sich der Einrichtung des neuen Hauses widmen zu können. Zudem war sie im vierten Monat schwanger und allmählich erwuchs in ihr die Vorfreude auf ein richtiges Familienleben.

Als Jan Bodenwald durch die Haustür in den winzigen Korridor trat, bemerkte er instinktiv, dass etwas nicht stimmte. Silvana kam ihm nicht wie sonst mit ihrem strahlenden Lächeln entgegen, um ihn mit einem Kuss auf die Wange zu begrüßen. Er stockte kurz und ging in die Küche. Dort fand er sie reglos auf dem Boden. Zwischen ihren langen Haaren floss ein immer stärker werdendes Rinnsal Blut hervor und verteilte sich um ihren Kopf herum auf den Fliesen. Mit einem Aufschrei stürzte er auf sie zu und packte ihre Schultern. Langsam drehte er sie um und blickte in die leblosen Augen. Der Mörder hatte ganze Arbeit geleistet. Auf ihrer Stirn prangten nebeneinander zwei Löcher. Ungläubig starrte Jan Bodenwald seine tote Freundin an und bemerkte zu spät die dunkel gekleidete Gestalt, die mit einem Male über ihm auftauchte. Das letzte, was er wahrnahm, war der schwarze Schlund einer Pistolenmündung direkt vor seinem Gesicht. Er hörte nicht mehr das Klicken der Waffe und das leise Ploppen, mit der das Geschoss den Schalldämpfer verlies. Der Einschlag der Kugel in der Stirn schleuderte seinen Kopf nach hinten. Er war bereits tot, als sich ein zweiter Mann an dem Schützen vorbei drängte, einen Handschuh abstreifte und an Bodenwalds Hals den Puls suchte. Dann drehte er sich zu dem Mörder um und reckte einen Daumen hoch.

„Auftrag erledigt. Melden wir das nach Berlin."

Anmerkungen des Autors

An dieser Stelle weist man ja gern darauf hin, dass die Handlung rein fiktiv sei und alle Ähnlichkeiten mit lebenden oder verstorbenen Personen dem Zufall entspringen.

Vor einigen Monaten veröffentlichte ein deutsches Nachrichtenmagazin eine Story, die in der sonst so hysterisch aufgeladenen deutschen Presselandschaft ein bemerkenswert geringes Echo fand. Es ging um die Bildung rechtsextremer Strukturen in Teilen der Bundeswehr, der Polizei und der Geheimdienste der Bundesrepublik Deutschland. Über die Gründe des ausbleibenden medialen Aufschreies kann man nur spekulieren. Für mich war es eine Bestätigung dafür, dass ich mich mit diesem Buch einmal mehr sehr hart am Rande der Realität entlang bewege. Und ich verbleibe in der Hoffnung, dass dieses Werk keine prophetische Kraft entfaltet, sondern lediglich der spannenden Unterhaltung des Lesers dienen wird.

Mir verbleibt noch, mich bei allen zu bedanken, die an der Umsetzung, in welcher Rolle auch immer, beteiligt waren. Stellvertretend an dieser Stelle Ralf, der mir wieder mit wichtigen Hinweisen zur rechten Zeit behilflich war, Thomas für die Anfeuerung und natürlich insbesondere meiner Familie für die unendliche Geduld!

Lützow, Herbst 2019

Leo M. Friedrich

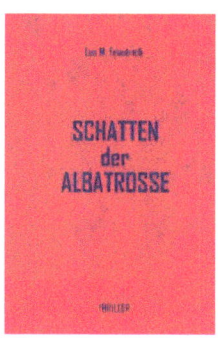

Leo M. Friedrich

Schatten der Albatrosse

Tredition 2013

Nach einem bewegten Leben als Agent und Waffenhändler will Peter Bohm nur noch eines: Das Leben mit seiner Familie genießen. Doch dann verschwinden seine Kinder. Und die Entführer fordern von ihm eine Atomwaffe. Er nimmt Kontakt zu alten Freunden und Bekannten auf, die ihm bei der Suche helfen. Bohm muss erkennen, dass die wahren Hintermänner alte Rechnungen begleichen wollen. Bald weiß er nicht mehr, ob er nun Jäger oder Gejagter ist.

Taschenbuchausgabe
ISBN 978-3-8495-2512-5

e-book:
ISBN:978-8495-2685-6

Leo M. Friedrich

Neodym-Komplott

Tredition 2014

Neodym, eine der seltenen Erden, gilt als einer der begehrtesten Rohstoffe des 21. Jahrhunderts. Um sich ein bedeutendes Vorkommen in Afrika zu sichern, geht ein chinesischer Bergbaukonzern verhängnisvolle Allianzen ein. Nach einer Serie von Bombenanschlägen wird der ehemalige Agent Peter Bohm zu Hilfe gerufen und gerät bald darauf selbst in höchste Gefahr.

Taschenbuchausgabe:

ISBN: 978-3-8495-8780-2

e-book

ISBN: 978-3-8495-8781-9

Leo M. Friedrich

Harfenspiel

Tredition 2015

Eine Studie soll über die wahren Fähigkeiten der geheimnisumwitterten HAARP-Anlage in den Wäldern Alaskas Auskunft geben. Diese gerät durch einen Zufall in die falschen Hände. Es beginnt eine gnadenlose Jagd auf den jungen Reporter Steffen Kern. Doch es geht um weitaus mehr. Ihre Gegner nehmen kurzerhand einen ganzen Kontinent als Geisel. und drohen mit einer Katastrophe, nach der die Weltkarte neu gezeichnet werden muss.

Taschenbuchausgabe:
ISBN: 978-3-7323-7283-6
e-book
ISBN: 978-3-7323-7285-0

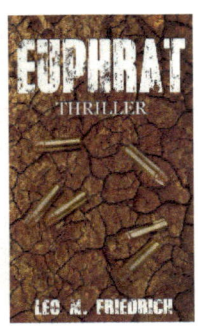

Leo M. Friedrich

Euphrat

Tredition 2017

Ein junger deutscher Arzt wird aus einem afghanischen
Krankenhaus entführt. Kurz darauf rammt in Ottawa ein
Lastwagen das Auto eines Ex-Agenten. Bei einer Messerstecherei
in einem deutschen Auffanglager stirbt ein syrischer Flüchtling.
Die angesehene Archäologin Kathrin Bohm verschwindet mitten
in der Nacht aus ihrem Hotel. Deren Nichte Claudia macht sich
auf die Suche. Alle Spuren führen nach Rakka, in die Hauptstadt
des Islamischen Staates. Dort verfolgt der Geheimdienst ganz
eigene Pläne...

Taschenbuchausgabe:

ISBN: 978-3-7323-7269-0

e-book

ISBN: 978-3-7323-7271-3

Leo M. Friedrich

Die Story

Tredition 2018

Der Journalist Thomas Spohn gerät bei seinen Nachforschungen zu den wahren Hintergründen eines mysteriösen Verkehrsunfalles, bei dem ein guter Freund ums Leben gekommen ist, in einen Strudel ungeheuerlicher Machenschaften. Erst dadurch wird ihm klar, welche Rolle er in dem Geflecht aus Massenmedien, dubiosen Stiftungen und Geheimdiensten spielt, das rücksichtslos über Schicksale entscheidet und auch vor der Anwendung von Gewalt nicht zurückschreckt. Spohn, der bisher selbst wenig Skrupel zeigte, wenn es darum ging, Menschen öffentlich anzuprangern, wird nun seinerseits zum Gejagten. Er braucht dringend Unterstützung. Doch wem kann er noch trauen?

Ein Medien-Thriller, der schonungslos mit der Rolle des Mainstream-Journalismus abrechnet und die Grenzen der Pressefreiheit in Deutschland ausleuchtet.

Taschenbuchausgabe:

ISBN: 978-3-7469-3518-8

e-book:

ISBN: 978-3-7469-3520-1

www.thrillerschmiede.de

Zeitfracht Medien GmbH
Ferdinand-Jühlke-Straße 7
99095 Erfurt, Deutschland
produktsicherheit@kolibri360.de